D1324930

COLLECTION

Cascade

YVON MAUFFRET

LE MOUSSE DU BATEAU PERDU

ILLUSTRATIONS DE BRUNO PILORGET

RAGEOT - ÉDITEUR

COUVERTURE DE BRUNO PILORGET
ISBN 2-7002-1072-7
ISSN 1142-8252

Pour Armel
dernier petit mousse de la famille.

DES VACANCES INATTENDUES

– Là ! Là ! Vas-y, attrape-le !

Simon avance la main vers la bête capara-
çonnée de gris-violet, qui agite deux pinces
extrêmement menaçantes.

– Allez, vas-y !

Simon voudrait bien, ne serait-ce que pour
donner à Mélie une preuve de sa vaillance et de
son savoir-faire. Hélas ! Les pinces lui
paraissent tellement redoutables qu'il hésite,
trop longtemps, et que le crabe en profite pour
gagner un trou profond.

Perchée sur les pierres de la fontaine, Mélie
Nivanic croise les bras, imitée aussitôt par Abel
et Nono, ses deux petits frères, qui ne la lâchent
pas d'une semelle et agissent en toute chose
comme leur sœur aînée.

– Parisien ! murmure Mélie d'un ton de sou-
verain mépris.

Et Abel et Nono de répéter en chœur :

– Parisien ! Hou ! Hou !

– Alors, dit Mélie, tu as peur des crabes ?

— Mais non, répond Simon. Seulement, je n'ai pas envie de me faire pincer !

Mélie continue de l'écraser de son dédain tranquille.

— Nous, dit-elle, quand on va à la pêche les jours de grande marée, on en ramène des centaines, quelquefois ! Et des gros, pas des bébés comme celui-ci.

— Des énormes ! dit Abel.

— Des dormeurs [1] gros comme ça ! ajoute Nono en arrondissant ses deux mains. Et puis des chèvres !

Cette fois, Simon pense bien tenir sa revanche.

— D'abord, dit-il, les chèvres ça ne vit pas dans l'eau !

Hélas, les trois Nivanic éclatent de rire, en même temps, et pas d'un petit rire discret ! Ils piaillent tellement qu'ils font s'envoler une bande de mouettes qui faisaient la sieste sur un îlot voisin, et Dieu sait pourtant s'il leur en faut pour les émouvoir.

— On ne te parle pas des « biques » !

— On te parle des chèvres : ce sont des crabes.

— Il y en a qui les appellent batteuses ou étrilles, dit Mélie. Mais ici ce sont des chèvres, que ça te plaise ou non !

1. Dormeur : tourteau.

Simon commence à en avoir assez. Il est capable de supporter l'ironie, d'admettre les moqueries, à condition que cela ne dure pas trop longtemps.

– Vous vous croyez malins, lance-t-il, parce que vous vivez ici depuis toujours ! Mais j'aimerais voir la tête que vous feriez, si je vous emmenais à Paris et que je vous abandonnais sur le quai d'une station de métro.

Belle réplique, mais insuffisante pour désarmer la grande Mélie Nivanic, douze ans, des cheveux roux coupés au bol et des taches de son piquetant un nez en trompette.

– Peuh ! dit-elle, si tu crois qu'on a envie d'y aller dans ton métro tout noir. On te le laisse !

– Tu peux te le garder ! dit Abel.

– On ne veut pas y aller, dit Nono.

Simon hausse les épaules. Il se sent triste tout à coup, seul, abandonné. Il pense au petit pavillon de meulière sur les hauteurs de Bry-sur-Marne, juste au-dessus de la calme rivière. Là-bas, il est chez lui. Ici au contraire, tout lui est étrange, étranger.

Mélie s'est tue à son tour. Sans doute s'est-elle aperçue de la mélancolie qui envahit soudain le visage pâle du petit Parisien. Et comme elle est brave fille au fond, elle est toute prête à faire la paix.

– Parigot gros bec, dit Abel, qui n'a pas compris que c'était terminé.

11

Mélie lève vers lui une main menaçante.

– Suffit, dit-elle. On rentre. Il est midi bientôt et si on est en retard, maman va encore dire que c'est de ma faute. Allez, les petits ! Ouste !

Nono et Abel se mettent en devoir d'escalader les rochers. Mélie se tourne vers Simon, qui a toujours les pieds dans l'eau.

– Ne t'en fais pas, dit-elle. Je t'apprendrai à attraper les crabes sans te faire pincer. Ce n'est pas si difficile. Tu verras !

En trois bonds de cabri elle rejoint ses petits frères et disparaît. Simon demeure seul, dans la fontaine... Comme il reste immobile, les habitants du lieu reprennent confiance et vaquent à leurs occupations : une petite seiche, longue comme un doigt, se propulse maladroitement ; des crevettes grises dansent autour d'elle... Le gros crabe qui, tout à l'heure, a intimidé Simon sort à son tour de son abri et avance précautionneusement, prêt à faire face à une nouvelle attaque.

Une fontaine d'eau salée... Simon n'avait jamais imaginé semblable chose, et pourtant c'est vrai ! Les gros blocs de granit qui la délimitent sont au ras de la grève et, à chaque marée haute, la mer se déverse dans le bassin de pierre, devant la niche vide où jadis devait se trouver la statue du saint. Tout est bizarre dans ce pays, à la fois envoûtant et un peu inquiétant. Simon, habitué à la tranquillité du Val-de-

Marne, reste décontenancé devant ces choses nouvelles qu'il n'a pas eu le temps encore d'apprivoiser, puisqu'il n'y a que deux jours qu'il est ici, à Saint-Cado, dans la rivière d'Étel, sur la côte du Morbihan.

Oui, tout est bizarre ! Ces bêtes aquatiques, ces varechs bruns et roux, cet estuaire immense que les gens d'ici appellent « rivière » bien que l'eau en soit salée, les coiffes des femmes, les habits des vieux marins, la langue quotidienne émaillée des mots bretons qui la rendent parfois incompréhensible. Dire qu'il y a quinze jours seulement, Simon ignorait tout de ce monde nouveau !

– Alors, mousse, tu rêves ? Tu n'as pas faim ? C'est bientôt l'heure de la soupe, tu sais.

Juste au-dessus de la tête de Simon, parmi les ronciers qui bordent le sommet de la petite falaise dominant la fontaine, un homme vient d'apparaître et le visage de Simon s'éclaire d'un sourire.

– Tu patauges dans la fontaine de Saint-Cado ! Tu n'as pas peur qu'un crabe vienne te pincer les pieds ?

– Mélie Nivanic m'a dit qu'elle m'apprendrait à les attraper.

L'homme hoche la tête.

– Si la Mélie s'en mêle, ça ira tout seul, dit-il.

L'homme s'appelle Alexandre Ezano ; mais

13

sur toutes les berges de la rivière d'Étel, de Magouër à Kerdavid, de Belz à Erdeven, on le connaît sous le surnom de « Tonton Apostol ». Pourquoi ? Simon n'en sait encore rien. C'est un grand gaillard de près d'un mètre quatre-vingts, droit comme un I. Son visage est tanné par les vents de suroît, cuit par le soleil et le sel, et ses yeux bleu-pervenche, surmontés d'énormes sourcils hirsutes d'un blanc de neige, pétillent de malice. Il a soixante-qua-torze ans passés, mais il n'y paraît guère.

– Remonte maintenant, mon fi !... la cotriade[1] est prête.

– J'arrive, dit Simon.

Il y a quinze jours encore, il ignorait jusqu'au nom de « Tonton Apostol ». C'était la fin du der-nier trimestre, les rosiers étaient en fleurs dans le jardinet de Bry et Simon faisait des projets de vacances en compagnie de Papa, de Maman et de Colette sa sœur aînée. Comme chaque année, la famille s'apprêtait à gagner Ravilly, un petit village non loin de Joigny, dans l'Yonne.

C'était là que, depuis plusieurs saisons – aussi loin en tout cas que Simon peut remonter dans ses souvenirs –, c'était là qu'elle louait une mai-son un peu à l'écart, coincée entre un étang poissonneux et un grand bois touffu. Depuis le

1. Cotriade : soupe de poisson.

temps, Simon y avait ses habitudes : il connaissait la cache du brochet au milieu des roseaux, le nid de l'effraie dans le vieux moulin en ruine, la hutte informe des rats musqués parmi les joncs. Il savait aussi les sentes de la forêt, l'endroit où poussaient les digitales, les coins à girolles ou à cèpes. C'est pourquoi il voyait, avec grand plaisir, venir les vacances familières, lorsqu'un beau soir...

C'était arrivé très bêtement : quand Papa était rentré de son travail, alors que Simon et Colette jouaient dans le jardin, Maman lui avait dit :

– Pierre, la lampe du vestibule n'éclaire plus, je crois qu'il faudrait la changer.

– Je vais le faire tout de suite, avait répondu Papa.

Il avait enlevé sa veste, puis il était parti chercher l'escabeau au sous-sol ainsi qu'une lampe de rechange. Maman l'avait laissé seul, parce qu'elle avait des pâtes qui cuisaient... Papa sifflotait *Le temps des cerises*, ainsi qu'il fait toujours quand il bricole... Et, tout à coup, le sifflement s'était interrompu, on avait entendu un craquement, puis une chute ! Chacun était accouru, les enfants du jardin, Maman de la cuisine : il gisait sur le carrelage, le sang s'était retiré de son visage et il serrait les lèvres pour ne pas crier.

– Pierre ! Pierre ! Tu souffres ?

– La jambe, avait-il murmuré. Une des marches de l'escabeau a cédé sous mon poids... Bon sang, que j'ai mal !

Le docteur, appelé aussitôt, avait fait la grimace et les enfants apeurés avaient entendu de sa bouche des mots impressionnants : « Double fracture ouverte... Deux mois de plâtre au moins... Immobilité absolue... Rééducation. »

Une fois le plâtre mis et Papa condamné à ne plus bouger, la question des vacances toutes proches s'était posée. Maman devait évidemment rester au chevet de Papa, mais les enfants ? On ne pouvait songer à les envoyer seuls à Ravilly ; on pouvait difficilement envisager de les garder deux mois dans la banlieue parisienne, alors que Colette à cause de son asthme devait absolument changer d'air, alors que Simon avait eu une vilaine angine au mois de mai. Que faire ? Les colonies de vacances étaient pleines depuis longtemps, et les Hauturier (c'était le nom de famille de Simon) n'avaient aucun proche parent à qui confier les enfants.

Pour Colette, cependant, la solution avait été rapidement trouvée : un des collègues de bureau de Papa, qui était venu lui rendre visite, avait proposé de l'emmener. Il partait avec sa famille, en caravane, dans les Alpes, et il avait une fille du même âge qu'elle. Mais il n'y avait qu'une place libre et il n'était donc pas possible d'emmener Simon...

Les jours passaient. Simon, le cœur gros, voyait ses copains échafauder leurs projets de vacances, parler de baignades et d'ascensions, tandis que, mélancoliquement, il regardait, le soir, sa belle canne à pêche toute neuve qui ne pourrait lui servir, cet été, à taquiner le gardon dans l'étang de Ravilly.

C'est alors que Mme Le Tallec, une voisine, avait pensé à Tonton Apostol.

– C'est le frère de ma mère, avait-elle expliqué à Mme Hauturier, un vieux garçon ! Il doit avoir quelque chose comme soixante-quinze ans, mais je vous jure qu'on ne les lui donnerait pas. Il vit tout près d'Étel, dans le Morbihan. Il a une petite maison sur la mer. S'il acceptait de prendre Simon, je crois que votre garçon passerait là de bonnes vacances.

Maman s'était récriée :

– Vous n'y pensez pas ! Confier un petit garçon à un aussi vieux monsieur. Il ne saura pas s'en occuper !

– Tonton Apostol sait tout faire, avait affirmé Mme Le Tallec. D'abord, il est parti comme mousse à douze ans, et puis il a navigué au long cours avant de devenir patron de thonier, c'est un bon apprentissage ! Puis, comme il n'a jamais trouvé le temps de se marier, il a l'habi-

17

tude de faire la cuisine, de ravauder son linge. C'est une vraie femme d'intérieur !

Simon qui assistait à l'entretien ne disait rien, mais commençait à se sentir intéressé par la perspective de vivre auprès d'un personnage aussi original. Cependant, Maman résistait encore, mais de plus en plus faiblement. Elle finit par accepter que Mme Le Tallec écrive à son fameux oncle ; selon le ton de la réponse, on aviserait, car après tout, il n'était pas certain du tout que le vieux marin fût prêt à accepter de s'occuper, l'été durant, d'un petit garçon de onze ans.

Pourtant, si ! La réponse parvint à Mme Le Tallec, par retour du courrier :

Ma chère Yvonne, disait Tonton Apostol, *tu peux m'expédier le petit gars dès qu'il sera en vacances. Il couchera dans la pièce du devant, comme ça il verra la mer de son lit. Il mangera du poisson pêché le matin, il boira du lait de la Jolie, la vache des Dilosquer, il aura des légumes que seul le bon varech a engraissés et qui n'ont jamais vu d'engrais chimiques, ni d'insecticides. Il pourra godiller dans mon canot, nager dans les trous d'eau. Tu dis qu'il est un peu timide, un peu fragile : l'air d'ici lui fera du bien. Pour ce qui est du prix de la pension, la somme proposée par les parents du petit me semble très raisonnable. D'ailleurs, je ne le fais*

*pas pour ça, ma pension me suffit largement,
mais pour avoir le plaisir d'avoir un petit
mousse chez moi.*

*Ton oncle affectionné.
Alexandre Ezano, dit « Apostol ».*

Et voilà ! Deux jours plus tard, Maman
conduisait Simon à la gare Montparnasse, et, au
bout du voyage, il y avait cette étrange rivière
d'Étel, cette fontaine salée, Mélie Nivanic, des
crabes et des crevettes et tant et tant d'autres
choses que Simon n'a pas encore eu le temps
de découvrir.

Perdu dans ses souvenirs, Simon a fait le chemin menant de la fontaine jusqu'à la maison de
Tonton Apostol, sans même s'en apercevoir.

– Tu vas mettre le couvert, p'tit gars, pendant que j'ouvre quelques huîtres que m'a don-
nées Mathurin Gouzerh !

Simon obéit. Chez lui, on ne lui demande
presque rien, il y a Maman, il y a Colette, alors
forcément, lui, un garçon... Mais ici, avec Tonton Apostol, il faut cirer ses chaussures, balayer
sa chambre, éplucher les pommes de terre.
Simon l'a compris dès le lendemain de son arrivée. Il s'était levé, tout intimidé par la nou-
veauté des lieux, et il avait gagné la cuisine où
Tonton Apostol l'attendait, avec un grand bol
de café au lait et d'énormes tartines recou-

vertes d'un beurre jaune et salé, comme jamais Simon n'en avait goûté.

Tonton Apostol l'avait regardé manger, sans rien dire. Mais ensuite, il était allé jusqu'à la pièce du devant, avait jeté un coup d'œil rapide et était revenu vers le garçon.

– Mousse, avait-il dit, il faudra que tu fasses ton lit et que tu balaies ta chambre, tous les matins.

Le ton était tranquille. Mais Simon se l'était tenu pour dit.

APPRENDRE SAINT-CADO

Comme chaque matin, c'est la voix aiguë de Maria Dilosquer qui tire Simon de son sommeil. Maria est la fille aînée de paysans qui habitent vers Belz ; elle travaille comme serveuse au restaurant de la Pointe et, quand elle vient reprendre son service à huit heures, elle livre en même temps le lait tout frais trait à quelques clients choisis, dont fait partie Tonton Apostol.

– V'la le lait, piaille-t-elle. Et il y a aussi une motte de beurre, et une douzaine d'œufs !

Il n'y a personne dans la cuisine et elle pourrait déposer le tout en silence, mais c'est plus fort qu'elle, il faut qu'elle crie ! Elle sabote sur les dalles de pierre, claque bruyamment la porte et le silence revient enfin. Mais Simon, cette fois, est parfaitement réveillé.

Il est seul dans la petite maison. Comme tous les jours, Tonton Apostol est sorti. Le vieux marin n'est « pas du soir », comme il dit, mais par contre il se lève au premier chant du coq, et comme on est au mois de juillet, cela se situe vers cinq heures du matin. Où va-t-il ? Quand la marée le permet, il part en « plate » relever ses casiers et son filet, ou bien il s'en va à travers la grève vers de mystérieux rendez-vous avec les cormorans ou les mouettes. Simon a bien proposé de l'accompagner, mais le bonhomme a secoué la tête.

– Dame non, mon p'tit gars, a-t-il murmuré. D'abord, tu es ici pour te refaire une santé, et ce n'est pas en courant le guilledou à cinq heures du matin que tu y parviendras. Et qu'est-ce qu'ils diraient, tes parents, si tu rentrais à Paris avec une mine de papier mâché ?

Et comme Simon ne trouvait rien à redire à cela, il avait poursuivi :

– Et puis tu vois, mon fi, ces heures-là, il me les faut pour moi seul. C'est le moment où je me souviens des choses du temps passé, où je revois les visages de ceux que j'ai connus et qui ne sont plus. Je vais te dire quelque chose, mais tu ne le répéteras à personne. Eh bien, il m'arrive de parler tout seul, le matin de bonne heure. Alors, si tu étais avec moi, je n'oserais plus le faire et ça me resterait dans la tête, la journée durant ; je serais de mauvaise humeur. Il vaut mieux que tu restes faire la grasse matinée, va !

Finalement, Simon aime beaucoup le réveil en fanfare de Maria Dilosquer. Il flâne encore quelques minutes au lit, puis il se lève, s'habille, fait son lit, balaie la chambre. Elle est toute petite cette chambre ; elle a une fenêtre étroite, garnie de barreaux de fer, percée dans l'épaisseur du mur de pierres. Ça ne procure pas beaucoup de lumière, mais elle s'ouvre directement sur la mer, sur les barques au mouillage, sur les nuages qui courent dans le ciel. A Bry, la fenêtre de la chambre de Simon est beaucoup plus vaste, ornée de rideaux blancs, mais elle donne sur une ruelle sans grâce et sur le jardinet trop léché de M. Coilard, leur voisin, retraité de la R.A.T.P., un jardinet où s'alignent Blanche-neige et les sept nains, des colombes de plâtre becquetant le maigre gazon... Autre monde !

La chambre où dort Simon est la pièce d'honneur de la minuscule maison de Tonton Apostol. Le vieux parquet de chêne est tellement ciré et astiqué qu'on dirait une patinoire, les murs tapissés d'un papier à rayures jaune et bleu s'ornent de trois photographies : deux portraits, ceux d'une dame en coiffe du pays et d'un vieux monsieur à l'allure de loup de mer malgré ses habits du dimanche : le papa et la maman de Tonton Apostol. La troisième représente un bateau sous voiles, un bateau magnifique vraiment, et dont on peut lire le nom : *Le Roi Gradlon*. L'autre soir, Simon a voulu en parler à Tonton Apostol, mais le visage du vieux s'est fermé soudain.

– Laisse, mon fi ! Laisse ! a-t-il dit. C'est un bateau, un bon bateau. C'est tout ce que je peux t'en dire !

Et il s'est mis à parler d'autre chose.

Simon a achevé son ménage. Il gagne alors le sombre corridor de terre battue qui lui permet d'accéder à l'autre pièce de la maisonnette, située sur l'arrière. C'est le domaine de Tonton Apostol, une sorte de cuisine, salle à manger, salon, fumoir, chambre à coucher. Elle est plus vaste que la pièce du devant, beaucoup moins astiquée, mais elle déborde de vie et de chaleur : une grande cheminée de pierre orne tout un mur, le lit de Tonton Apostol occupe un angle, étroit mais imposant, à cause de l'énorme édredon rose passé qui paraît l'écraser. Et puis des tas de meubles et d'objets hétéroclites : une table de noyer et un fourneau, des ustensiles de cuisine et des engins de pêche, une horloge noircie par les ans, une cafetière à fleurs, le calendrier des postes et une vieille estampe dont le verre piqueté laisse entrevoir une reproduction du *Petit mendiant*, de Murillo. Sur une étagère, l'annuaire des marées voisine avec l'Almanach du marin breton. C'est un véritable bric-à-brac mais l'ensemble donne cependant une impression de propreté, d'ordre même. Quand Simon imagine la petite cuisine-laboratoire de Maman, où la machine à laver monte la garde à côté du réfrigérateur, où le four à micro-ondes est encastré juste à côté du « plan de travail » en formica, où tout est « fonctionnel », il ne peut s'empêcher de sourire.

Simon met le café à réchauffer sur les braises encore rouges du feu du matin, se taille à même la miche une immense tartine, plonge son couteau dans la motte de beurre apportée tout à l'heure par Maria Dilosquer. A Paris, il n'avait pas très faim, il grignotait deux ou trois toasts enduits de confiture d'oranges. Ici, il commence à se sentir un appétit d'ogre.

Quand il a terminé, il range soigneusement chaque chose à sa place, Tonton Apostol est intraitable sur ce point ; puis il pousse la porte vitrée qui donne sur un jardinet minuscule, un vrai enclos de curé où poussent en toute liberté les plantes qui ont bien voulu s'y réfugier : au début, Simon ne connaissait aucun nom, et il a fallu que ce soit Tonton Apostol, qui n'est guère jardinier pourtant, qui lui donne les explications demandées.

– Ça, mousse, c'est un hortensia, et s'il est bleu, c'est parce qu'il recueille l'eau qui ruisselle sur le toit d'ardoise. Ça c'est un fuchsia, il sera bientôt en fleurs. Les grands dadais, là-bas, ce sont des lupins que Louise Nivanic, la mère de Mélie, m'a donnés. Là, c'est un mimosa, mais dame, ça fleurit en fin d'hiver, il faudra que tu reviennes à ce moment-là ! Et puis, les rosiers, tu connais bien sûr, les soucis, les pieds d'alouette. Je ne m'en occupe jamais, ils se ressèment tout seuls... Je me contente d'enlever les mauvaises herbes, de temps en temps, pour donner de l'air aux autres.

Simon, à nouveau, pense au jardin de M. Coilard avec Blanche-neige et les sept nains. Pauvre monsieur Coilard ! Il jugerait certainement que le jardin de Tonton Apostol est très mal entretenu, il ferait la moue... Pourtant Simon le trouve beaucoup plus joli !

Parmi les fleurs sèche un filet bleu, des avirons s'appuient contre le mimosa, un lierre s'enrubanne autour d'un casier à homards défoncé. Malgré les hauts murs de pierres sèches qui entourent le jardin, la présence de la mer, toute proche, est évidente !

D'ailleurs, Simon pousse la porte verte aménagée dans le mur, et se trouve aussitôt les pieds dans l'eau, ou presque, car la mer est haute. Seule une levée de gros blocs de granit, sur laquelle court un étroit sentier, sépare le domaine de Tonton Apostol de celui des crabes et des crevettes.

Saint-Cado, le pays où Simon passe ses vacances, est une île toute petite, sur laquelle quelques dizaines de maisons à peine ont réussi à trouver place, et encore c'est bien parce qu'elles ne sont pas grandes. Il faut dire que le saint est ici chez lui et qu'il s'est réservé la plus grande partie du territoire. Tout là-haut, par l'étroite ruelle qui monte assez à pic, et où grouillent des chats de toute espèce, Simon arriverait très vite à la place ornée d'ormes centenaires où se dresse un grand calvaire, juché sur une plate-forme. Tout à côté, la vieille chapelle romane et, à droite de celle-ci, une pierre percée d'un trou. Mélie Nivanic a affirmé à Simon, avec le plus grand sérieux, que les sourds qui collaient leurs oreilles malades contre cette pierre étaient certains de recouvrer leur ouïe. Elle a dit aussi qu'on y entendait le bruit de la mer comme dans certains coquillages. Simon a essayé ; il lui a bien semblé entendre une sorte de bourdonnement, mais, avec son esprit logique de petit Parisien, il lui a bien semblé qu'il n'y avait rien d'extraordinaire à cela, puisque les vagues toutes proches viennent s'abattre sur les rochers.

Saint-Cado est donc une île, tout du moins en partie, car le village se continue sur la terre ferme, beaucoup plus important : une chaussée de pierre relie l'île au « continent » comme disent les gens d'ici, et la marée circule librement sous cette chaussée, grâce à deux passages où elle s'engouffre, six heures dans un sens et six heures dans l'autre.

– Tiens, voilà le Parisien !
Mélie Nivanic revient, justement, du

« continent » où elle est allée faire ses courses, suivie comme son ombre par Abel et Nono. Mélie n'a qu'un an de plus que Simon, mais elle est tellement grande, robuste, musclée, qu'il semble y avoir beaucoup plus de différence entre eux.

C'est quelqu'un Mélie Nivanic ! Les pieds sur terre, les yeux en face des trous, elle regarde les choses en face et ne se laisse intimider par personne, sauf peut-être par son père quand il est en colère. Née à Saint-Cado, elle y a grandi et connaît chaque recoin de son pays, sait le nom de chaque coquillage et de chaque plante (et c'est rarement le nom qui figure au dictionnaire). Un peu autoritaire, bien sûr, mais le cœur sur la main ! Impitoyable vis-à-vis de ceux qu'elle n'aime pas, elle réserve à ses amis des trésors de gentillesse et de générosité.

– Qu'est-ce que tu fais ?

– Rien, dit Simon.

– Si tu veux, dit Mélie, je vais t'apprendre à godiller.

– Je veux bien.

– Alors, tu m'attends.

– Tu nous attends, soulignent Abel et Nono.

Les Nivanic habitent juste à côté de chez Tonton Apostol, une maison très grande pour Saint-Cado, avec un toit d'ardoises rouillées et des volets peints en bleu pâle. Outre Mélie et les deux petits, il y a encore Mme Nivanic, une femme si menue qu'on se demande comment elle a fait pour être la mère de Mélie, et puis la grand-mère qui ne parle qu'en breton et qui marche en s'appuyant sur deux bâtons, en dodelinant de la tête comme un ange de crèche. Il y a aussi Jean-François, le frère aîné, un grand gars de dix-huit ans, qui travaille chez un garagiste d'Étel. Quant au papa, M. Nivanic, il navigue sur un chalutier qui fait la grande pêche au large. Il part pour dix ou quinze jours : Simon ne l'a pas encore vu. Enfin, chez les Nivanic, il y a quatre chats : un faux-siamois, un angora gris, et deux « gouttières » rayés blanc, gris et noir. La nuit, ils miaulent dans les cours, le faux-siamois surtout, et Mélie est obligée de se lever pour les faire taire.

Mélie revient en courant, ses deux petits frères dans sa foulée.

– Bon, dit-elle, tu es prêt ?

Comme tous les habitants de Saint-Cado, tous ceux de l'île en tout cas, les Nivanic possèdent un bateau : une « plate » robuste, badigeonnée au coaltar et qui sert à mille choses. Elle est au mouillage, juste devant chez eux. Mélie enlève ses espadrilles, relève ses cottes jusqu'aux genoux.

– Alors, tu me suis !

Simon patauge donc jusqu'à *L'Espoir du marin*. Un bien beau nom pour un petit bateau !... Déjà les trois Nivanic y ont pris place.

– Non, ne monte pas par le côté, dit Mélie, tu vas nous faire chavirer. Par l'arrière. Allez, hisse-toi !

Simon une fois à bord, Mélie relève le grappin et la plate se met doucement à dériver au fil de la marée.

– Et maintenant, dit Mélie d'un ton docte, première leçon de godille de Simon, le Parisien !

Simon les a tous vus godiller, et à première vue, ça semble facile : on plonge la rame dans l'eau, à l'arrière du bateau, on la remue, et le bateau avance. Ah, ouiche ! Ce n'est pas si simple : le lourd aviron sitôt plongé dans l'eau se comporte comme un animal capricieux : il se colle au bateau, a tendance à disparaître en dessous, et puis, hop, resurgit et se met à l'horizontale !

Mélie, il faut le reconnaître, fait preuve d'une patience angélique : elle fait taire Abel et Nono qui se poussent du coude en pouffant, et pour la dixième fois peut-être, elle montre à Simon comment il faut s'y prendre.

– Tu vois, de biais, mais pas trop. Et ensuite, tu dessines un huit, avec tes deux mains jointes. Essaie !

Et Simon essaie à nouveau, le front en sueur, les paumes crispées sur le bois dur.

– C'est un peu mieux, dit Mélie, tu arrives à maintenir à peu près ton aviron dans l'eau.

– C'est pas si mal, pour un Parisien, consent à murmurer Abel.

– En attendant, dit Nono, on dérive !

C'est exact. Le courant de jusant commence à se faire sentir, et entraîne *L'Espoir du marin* en direction de la mer, vers le pont Lorhois qui enjambe l'estuaire.

– Abel et Nono, dit Mélie, vous allez nager.

Simon ouvre de grands yeux... La terre est assez loin, les deux petits garçons sont tout habillés.

– Pourquoi faut-il qu'ils se mettent à l'eau ? demande-t-il.

C'est au tour de Mélie d'être étonnée.

– A l'eau ?

– Eh bien, puisque tu leur demandes de nager ?

Ils éclatent de rire, avec un ensemble parfait, mais sans méchanceté.

– Nager, ça ne veut pas dire nager, explique Nono entre deux rires.

– Ça veut dire « ramer », explique Mélie. Un marin ne rame jamais, il nage ! Et il n'emploie jamais de rames, mais des avirons.

– Ah bon, dit Simon.

Nono a huit ans, et Abel sept, mais ils ont déjà de bons muscles, et comme le courant n'est pas encore très violent, la plate remonte rapidement en direction de Saint-Cado.

Ils sont presque parvenus à leur mouillage

lorsqu'un bruit de moteur attire l'attention de Mélie.

– Oh, dit-elle, la belle « barcasse » !

Derrière eux, dans le chenal, un bateau est en train de les rejoindre. C'est un superbe voilier d'une douzaine de mètres, un ketch [1] à la coque entièrement noire. Voiles amenées, il navigue habilement au moteur dans le dédale d'îlots, de parcs à huîtres, de lignes de casiers, de plates au mouillage qui encombrent cette partie de la rivière d'Étel. Un homme se tient à la barre, mais on ne distingue pas ses traits, car il porte un suroît enfoncé jusqu'aux yeux... Le yacht glisse lentement sur l'eau calme, et bientôt les enfants peuvent lire son nom sur le tableau arrière.

– *Desdémone !* épelle Mélie. Je me demande où il va, par là ! Sans doute un curieux qui profite de la pleine mer pour visiter la rivière... Mais il a intérêt à se dépêcher, car l'eau ne va pas tarder à descendre.

– On va le voir repasser tout à l'heure, dit Nono.

Puis les garçons se mettent aux avirons et, comme deux loups de mer chevronnés, commencent à nager, afin de remonter le courant.

---

1. Ketch : bateau de plaisance à deux mâts.

ERIC ET DOMINIQUE

Il y a déjà quinze jours que Simon est à Saint-Cado. Quand il y pense, il ne parvient pas à le croire. Dire qu'auparavant il ne savait même pas ce qu'était un foc ou une grand-voile, qu'il confondait allègrement limande et sole, qu'il n'aimait pas les huîtres !... A bien y réfléchir, jusqu'alors, il n'avait jamais vu la mer, la vraie : il avait bien aperçu, une fois, la Méditerranée à Nice, mais d'abord il était petit, il devait avoir sept ans, et ensuite il n'avait fait qu'y passer. Et puis, en Méditerranée, il n'y a pas de marées, et ça change tout ! Ici, en rivière d'Étel, c'est elle qui règle la vie des gens. « J'irai sur mon parc quand la mer sera basse », disent les ostréiculteurs. « J'appareillerai à la pleine mer », disent les pêcheurs. « Dès que le jusant [1] se fera sentir, je descendrai jusqu'à Étel », ajoutent d'autres. Bref, la mer ne se laisse guère oublier.

Simon a bronzé. Il « a pris des joues », dit Tonton Apostol. Il sait presque godiller, il n'a

1. Jusant : mouvement de la marée qui baisse.

plus peur des crabes et en se baignant, il s'est risqué l'autre jour « à perdre pied », accompagné, il est vrai, de Mélie Nivanic.

Oui, on peut dire que ces vacances de raccroc, ces vacances de dernière heure, sont les plus belles qu'il ait jamais passées.

Grâce à Saint-Cado, à Mélie Nivanic, à l'eau calme de la rivière d'Étel. Grâce surtout, surtout, à Tonton Apostol !

Tonton Apostol !... Simon a l'impression de le connaître depuis toujours, tellement la grande silhouette auréolée de sa chevelure blanche lui est devenue familière. Il n'en a plus peur du tout, même quand le bonhomme fait semblant de faire la grosse voix. Il sait tout faire, Tonton Apostol ! Et en particulier des choses que les gens des grandes villes ont oubliées, comme tresser des paniers, remailler des filets, sculpter des bâtons. Il a des gros doigts courts, boudinés, couturés de cicatrices, et malgré tout merveilleusement habiles. Il fait la cuisine au moins aussi bien que la maman de Simon, il sait repriser des chaussettes, il sait même tricoter ! Simon l'a vu faire, à la veillée, et la première fois il n'en est pas revenu. Tonton Apostol a surpris son regard ébahi et il a souri.

– Dame oui, mon p'tit gars, a-t-il murmuré, un vieux marin doit savoir se débrouiller et surtout un vieux marin célibataire.

Mais le domaine où Tonton Apostol est sans

rival, où il se comporte comme une sorte de sorcier, de génie, c'est évidemment le monde de la mer... Il faut le voir pour le croire ! On dirait qu'il pressent les choses, qu'il devine les intentions du vent, qu'il voit au fond des eaux les mouvements des poissons. Et tout cela, tranquillement, sans se presser, sans jamais élever la voix !... Il a un bateau, un vrai, pas une « plate » comme celui des Nivanic, mais une yole bordelaise, presque aussi vieille mais tout aussi solide que lui. Elle a un drôle de nom : *Fal Ben,* ce qui paraît-il veut dire « Mauvaise tête » en breton. Mauvaise tête ou pas, Tonton Apostol l'entretient comme un bijou, la bichonne comme un cheval de course. Tout est peint, verni, astiqué, pomponné à bord du *Fal Ben,* les cordages (Simon a appris qu'on ne disait jamais « corde » ni « ficelle » à bord d'un bateau) sont amoureusement lovés en cercles concentriques, le cuivre du compas [1] reluit comme un miroir, les réas [2] des poulies sont huilés.

– Un bateau, mon mousse, ça se respecte ! dit Tonton Apostol. Et même un « mouille-cul » comme celui-ci.

Tonton Apostol est capable de demeurer silencieux des heures entières, mais son silence

1. Compas : boussole.
2. Réa : gorge d'une poulie.

ne pèse jamais. Quand il en sort, c'est pour raconter de merveilleuses histoires que Simon écoute de toutes ses oreilles, si bien qu'il finit par les connaître presque par cœur, mais il ne s'en lasse jamais. Il y a le jour où Tonton Apostol est parti comme petit mousse, à onze ans, sur le *Saturne*, un brick-goélette. « Le soir, petit gars, j'étais bien triste, j'avais le cœur gros, je pensais à la maman, aux petits frères... » Il y a la fois où Tonton Apostol – il avait dix-huit ans et naviguait sur un quatre-mâts carré qui faisait les voyages de Nouméa – a fait naufrage sur un atoll océanien, et où le chef indigène voulait absolument lui donner sa fille en mariage. « C'est ce jour-là sans doute, mon gars, que j'ai été le plus près de devenir roi... » Il y a la guerre de 1914, Dixmude [1], les fusiliers marins résistant à l'ennemi à un contre dix. Il y a tant et tant d'histoires, à la fois simples et merveilleuses, que Simon ne parvient pas à croire que tout cela puisse arriver à un seul homme ; et pourtant il est sûr que Tonton Apostol n'invente rien, qu'il se contente de la seule vérité.

Il n'y a qu'une période de sa vie sur laquelle le vieil homme garde le silence : les campagnes qu'il a faites en fin de carrière, comme patron,

---

1. Dixmude, ville de Belgique où s'illustrèrent, en 1914, les fusiliers marins surnommés « les demoiselles à pompons rouges ».

sur un thonier à voile, l'un des derniers. Simon a essayé une fois ou deux de l'en faire parler mais aussitôt le vieux visage s'est fermé. « Laisse, mon gars, laisse, a-t-il dit, c'est trop triste ! » Simon n'a pas insisté. Le peu qu'il a pu en savoir, c'est Mélie Nivanic qui le lui a appris.

– Tonton Apostol, d'après mon père, c'était le plus fin patron de thonier qu'on pouvait rencontrer de l'île d'Yeu à Concarneau, en passant par Port-Louis et Groix... Son bateau s'appelait *Le Roi Gradlon*, et c'était le plus beau des thoniers à voile. Mais, après la guerre, ils ont commencé à abandonner les uns après les autres. Tonton Apostol a lutté jusqu'au bout, avec un équipage de vieux, mais il ne pouvait guère tenir contre les nouveaux thoniers à moteur. Mon père dit qu'il a vendu tous les terrains qu'il avait pour essayer de résister ; mais forcément, un jour, il a été obligé d'abandonner.

Voilà, c'est tout ce que Simon en sait, assez pour ne pas tenter de forcer le vieux marin à évoquer de douloureux souvenirs...

Mélie Nivanic et les petits frères sont venus chercher Simon, juste après le déjeuner, alors que Tonton Apostol s'apprêtait à aller faire sa sacro-sainte sieste, à laquelle il ne manque jamais ; il reste allongé une demi-heure au plus et il ne dort pas vraiment, mais il prétend que cela le délasse dix fois plus qu'une nuit de sommeil.

– Bonjour, Tonton !

Les trois Nivanic paraissent particulièrement excités, et le nez en trompette de Mélanie frémit d'impatience.

– Bonjour, les enfants. Ton papa n'est pas arrivé à la maison ?

– Non, demain ou après-demain seulement. La secrétaire de l'armateur a téléphoné ; il paraît qu'ils ont eu une avarie de moteur, ça les a retardés.

– Ah, les moteurs ! grommelle le vieil homme.

– Simon peut venir ? demande Mélie.

– S'il veut. Mais d'abord, faites la vaisselle et passez un coup de balai... Et ne poussez pas la poussière sous les meubles. Moi, je vais faire ma sieste !

Il gagne le couloir et monte pesamment l'échelle qui mène au grenier ; pour le repos de l'après-midi, Tonton Apostol ne dort pas dans sa chambre mais sur un vieux lit-cage, parmi les échalotes et les gousses d'ail.

– Au travail ! dit Mélie.

En deux temps trois mouvements, la vaisselle est lavée, essuyée, rangée, le sol balayé, la table nettoyée.

– Maintenant viens, Simon, on a quelque chose à te montrer.

– Quoi ?

– Tu verras bien !

Et il a beau les questionner, il ne peut rien en tirer de plus.

Mélie tire *L'Espoir du marin* jusqu'à terre, en s'aidant de l'amarre passée dans un vieil anneau rouillé.

– Embarque ! dit-elle.

– Nous allons godiller ? demande Simon.

– Non, dit Mélie, aujourd'hui nous allons en excursion. Je t'emmène visiter Étel, notre capitale. Et comme c'est un port, c'est par la mer que nous y aborderons.

– Hourrah ! dit Abel.

– Youppie ! ajoute Nono.

– Mais, essaie d'expliquer Simon. J'y suis déjà allé ! C'est là que le car m'a débarqué, l'autre jour.

Mélie hausse les épaules.

– Et alors, dit-elle. Qu'est-ce que tu as vu ? Rien ! Tandis qu'avec nous, tu vas tout visiter. Allez, embarque !

– Ta mère veut bien ?

– Oui, je le lui ai demandé.

Dans ces conditions, Simon n'a plus qu'à s'installer à bord de *L'Espoir du marin*, sur le banc du milieu, entre Abel et Nono. Mélie prend la barre. Un petit vent d'est léger, une

41

brise de beau temps, souffle sur la rivière, juste dans le bon sens.

– Hisse la voile ! commande Mélie d'un ton sans réplique.

Les matelots, Nono et Abel, obéissent. Rapidement, la vieille toile débleuie qui sert de voilure à *L'Espoir du marin* se déploie au soleil. En route ! La mer descend et le courant porte le bateau vers sa destination.

Simon écarquille les yeux, s'émerveillant de tout : d'un cormoran perché sur une balise, d'un toit rouillé parmi les ajoncs, d'un calvaire de granit aperçu entre des pins maritimes.

– C'est beau ici, murmure-t-il ; c'est un vrai pays pour les vacances.

– Tu sais, Simon, ce n'est pas toujours comme ça, répond Mélie. L'hiver, il y a quelquefois des tempêtes effrayantes ! Et des naufrages aussi. Mon oncle Joseph, le frère de maman, s'est noyé il y a cinq ans. Son bateau a chaviré en essayant de franchir la barre qui ferme la rivière.

La barre d'Étel est en effet extrêmement redoutable dès que la mer se creuse et les gens du pays se souviennent entre autres de la tragédie qui survint, lorsque le docteur Bombard, célèbre pour avoir traversé l'Atlantique en solitaire, voulut y expérimenter un nouveau type de bateau de sauvetage, expérience qui coûta la vie à plusieurs marins du port.

Poussé par le vent, porté par le courant, le bateau approche maintenant d'Étel.

– Il y en a des bateaux ! dit Simon.

– Oh là là, oui ! Et encore, beaucoup sont en mer. Tu vois celui-là, le bleu, c'est un chalutier prêt à partir.

– Il ressemble à celui de papa, dit Abel.

– Les plus petits, là-bas, ce sont des sardiniers. Ils restent beaucoup moins longtemps dehors.

– Pourquoi ont-ils des filets bleus ? C'est joli !

– Ce n'est pas pour faire joli, mais pour que les sardines ne les voient pas.

L'Espoir du marin, adroitement dirigé par Mélie, arrive à hauteur du quai. Mélie ordonne à ses matelots de baisser la voile, et la barque vient docilement se ranger au pied d'une échelle de fer. Nono l'amarre à l'un des barreaux, Mélie vérifie le nœud, puis tous les quatre escaladent l'échelle et se retrouvent sur le quai.

– Et maintenant, on visite ! dit Mélie.

Mélie veut tout montrer à Simon : la criée où l'on vend le poisson chaque matin et qui sent bon la marée fraîche, la glacière où les pêcheurs se procurent la glace nécessaire à la conservation du poisson, les magasins où l'on peut se procurer des filets, des amarres, des vêtements de mer, les petits cafés où se retrouvent les équipages après avoir bourlingué sur l'océan, l'école d'apprentissage maritime où les garçons apprennent les métiers de la mer, la station radio qui reçoit les messages des bateaux. Simon ouvre grands les yeux et les oreilles, curieux de tout, intéressé par tout.

Enfin, Mélie estime qu'il n'y a plus rien à voir.

– Si vous voulez, dit Simon, je vous offre une glace !

La proposition est accueillie avec enthousiasme.

– Une à la vanille ! dit Nono.

– Une au chocolat ! dit Abel.

Ils s'en vont tous quatre, par les ruelles étroites bordées de vieilles maisons grises, et débouchent à nouveau sur la mer, à droite du port, assez loin de l'endroit où ils ont amarré *L'Espoir du marin*. Ici, sur une sorte de grève encombrée de varech séché et de bois d'épaves, viennent s'échouer les canots de moindre importance. Des pêcheurs du pays s'emploient à passer au coaltar la coque pansue d'une barque de pêche. Un peu plus loin, deux garçons s'activent autour d'un bateau qui paraît être en bien piteux état.

Mélie s'arrête et les regarde en fronçant le nez.

– Tiens, je ne les connais pas ceux-là, dit-elle. Ils ne sont pas du pays !

Effectivement, les deux garçons n'ont pas

l'allure des jeunes pêcheurs étellois : cheveux longs, tee-shirts couverts d'inscriptions en anglais, pantalons de velours délavés, rapiécés, ils s'affairent à raboter des planches tout en sifflant un air de pop music.

Ils doivent avoir dix-sept ou dix-huit ans. Ils travaillent sans lever la tête, sans se soucier de l'examen sévère auquel les soumet Mélie. Cet examen doit d'ailleurs être positif, car Mélie sourit.

– Je ne les connais pas, dit-elle, mais ils ont l'air sympathique.

Et comme Mélie Nivanic n'a pas l'habitude de prendre des chemins détournés, elle descend la légère pente qui sépare la grève de la route et s'approche des deux garçons.

– Bonjour !

Les deux gars la regardent et sourient.

– Salut !

– Salut !

– Qu'est-ce que vous faites ? demande Mélie.

Gentiment, les garçons expliquent : ils sont parisiens et rêvent depuis toujours d'avoir un bateau à eux. Hélas, leurs finances sont limitées.

– Alors, nous avons acheté cette vieille coque pour presque rien, et nous la remettons en état. Mais c'est un rude travail... Nous allons sûrement y passer toutes nos vacances et nous n'appareillerons sans doute pas avant l'année prochaine.

– Si tout va bien !

– En tout cas, dit Mélie, vous êtes rudement adroits !

– Il faut bien ! Si nous devions embaucher du personnel, nous serions très vite à bout de ressources.

– Où logez-vous ?

– Nous campons. Dans le jardin de l'épicière, sous son figuier. Pour la nourriture, nous mangeons beaucoup de poisson. Les pêcheurs nous connaissent, et ils sont très chics avec nous.

– Si vous voulez, dit Mélie, nous aussi on pourra vous aider. Ce n'est pas très facile parce que nous habitons Saint-Cado et que ce n'est pas tout près ; mais tout de même !

– C'est gentil de votre part. Si jamais nous avons besoin de votre aide, nous vous le dirons.

Le plus grand des deux, un blond aux cheveux frisés, s'appelle Éric. L'autre, c'est Dominique.

– En tout cas, dit Mélie, nous reviendrons vous dire bonjour. A bientôt !

– A bientôt...

Les quatre de Saint-Cado regagnent alors *L'Espoir du marin,* car il est temps de songer au retour.

– Ils me plaisent bien, ces deux-là, dit Mélie, en reprenant la barre !

Puis, à nouveau, la voile est établie. Et cette fois avec vent debout, mais bénéficiant tout de même de la renverse du courant, ils font route sur leur île, sur Saint-Cado.

LA VISITE A ADOLPHE

Malgré toutes ses occupations, malgré les parties de pêche et les leçons de godille, Simon pense très souvent à ses parents, surtout le soir quand il est dans son lit et que le sommeil, déjà, appesantit ses paupières. Ce matin, il a décidé d'écrire une longue lettre en réponse à celle qu'il a reçue la veille. Installé sur la table de noyer de Tonton Apostol, il commence donc, en tirant la langue :

Cher Papa, chère Maman,
Je suis bien content de savoir que Papa va mieux et que bientôt on va lui enlever son plâtre. Avec la chaleur qu'il fait, il doit commencer à en avoir assez ! Quand je reviendrai, j'espère qu'on pourra recommencer à jouer au foot, tous les deux, dans le jardin. Je pense quelquefois à Ravilly et à l'étang, mais je suis quand même content d'être chez Tonton Apostol. Il est très gentil, il sait repriser les chaussettes, faire la mayonnaise, pêcher les soles, et puis beaucoup d'autres choses encore. Je l'aime bien. Il y a

aussi Mélie Nivanic qui est très gentille et qui ne m'appelle plus « Parisien » ! Elle m'apprend à godiller. Je sais presque. Je n'ai plus peur des crabes, même des gros, et hier le père de Mélie Nivanic, qui est pêcheur, m'a fait tenir un énorme homard. Je n'ai pas eu peur non plus ! J'espère que Colette se plaît bien avec les Bréal et qu'elle n'a pas de crise d'asthme. Je vous embrasse bien fort.

Simon

– Tu as fini, p'tit gars ?

Simon sursaute ; il était tellement absorbé par sa lettre, tellement attentif à ne pas faire de fautes d'orthographe qu'il n'a pas entendu rentrer Tonton Apostol.

– Oui, Tonton.

– T'as souhaité le bonjour de ma part à ton papa, à ta maman, et à ma nièce Yvonne ?

– Non, Tonton.

– Alors fais-le, mon fi !

Et Simon de tirer à nouveau un bout de langue et d'écrire : *Tonton Apostol vous souhaite le bonjour, ainsi qu'à madame Le Tallec.*

– Très bien, dit Tonton Apostol. Maintenant tu fermes ta lettre, tu vas chercher un timbre au bureau de tabac et puis je t'emmène.

– A pied ou en bateau ?

– En bateau, mon gars. On va aller jusqu'à Magouër. J'ai un vieux camarade qui habite là-bas, Adolphe Corfmat. Il m'a fait dire qu'il avait des rhumatismes et que j'aille le voir.

Tonton Apostol met sa vieille casquette de drap bleu à ancre de marine, « sa casquette de yachtman » ainsi qu'il l'appelle.

– Prends un pull, dit-il à Simon.

– Il fait chaud, Tonton...

– Le vent de noroît risque de se lever tout à l'heure. Fais ce que je te dis, p'tit gars !

Simon obéit, bien sûr.

– Maintenant, dit Tonton, file jusqu'au bureau de tabac. Pendant ce temps, je vais préparer le bateau.

Simon court le long de la chaussée de pierre qui relie l'île Saint-Cado à la terre ferme. Quand il revient, le *Fal Ben* l'attend. Tonton Apostol a mis en place le foc et la grand-voile qui ont la même couleur ocre délavée que son pantalon et sa vareuse.

– Embarque, garçon. Paré à hisser !

Les premiers temps, quand ils naviguaient ensemble, Simon se trompait toujours de cordage (de « boute », comme dit Tonton Apostol), mais maintenant, il sait : en deux minutes foc et grand-voile sont hissés et claquent joyeusement au vent.

– Étarque l'écoute de foc, dit Tonton Apostol, et viens t'asseoir à l'arrière !

Et Simon raidit au maximum le cordage commandant la voile triangulaire de l'avant.

Déjà les maisonnettes blanches de l'île se confondent avec celles de l'arrière-pays. Le *Fal Ben*, barré de main de maître, ne perd pas un pouce de brise et passe bientôt sous le pont Lorhois qui sert de liaison entre le pays d'Auray et le pays de Lorient.

– Tu veux barrer ? demande le vieux marin.

– Je veux bien, dit Simon, mais je ne sais pas trop.

– Je vais t'apprendre, mon fi ! Moi, dans le temps, quand j'étais petit mousse, j'ai appris aussi, à grands coups de bottes dans le bas du dos ! Mais maintenant, tu ne risques plus rien.

De fait, avec une patience angélique, Tonton Apostol explique à Simon comment il faut s'y prendre, comment ne pas perdre le cap, comment mettre du vent dans les voiles sans pourtant prendre trop de gîte [1]. C'est un merveilleux professeur : en dix minutes, Simon en apprend beaucoup plus qu'en dix heures avec Mélie.

– Tu vois la cale, là-bas ?

– Oui, Tonton !

– Eh bien, tu laisses porter dessus, petit ! C'est Magouër, c'est là où nous allons.

Située juste en face d'Étel, à l'endroit où la mer intérieure se resserre avant de rejoindre l'océan par une barre redoutable, Magouër

1. Inclinaison du bateau sur l'eau.

compte quelques chantiers maritimes encore en activité. Ses maisons basses et blanches abritent toute une population de vieux marins en retraite, de pêcheurs de haute mer, de charpentiers de marine.

– Laisse-moi faire l'accostage, dit Tonton Apostol en reprenant la barre des mains de Simon, je t'aime bien mon gars, mais je ne voudrais pas que tu abîmes mon boute-hors [1].

Simon ne demande pas mieux que de se décharger de ses lourdes responsabilités.

– Tu amèneras les voiles quand je te le dirai... Tu es paré ?

– Paré, Tonton.

La manœuvre s'effectue impeccablement. « Si Colette me voyait, pense tout à coup Simon, elle n'en reviendrait pas ! ». La yole bordelaise court sur son erre jusqu'à la vieille jetée de granit.

– Saute à terre et amarre-nous ! dit Tonton Apostol. Et ne me fais pas des nœuds de « pharmacien » comme la dernière fois !

Ensuite ils remontent la jetée, passent parmi les quelques maisons qui l'entourent et continuent, par un chemin de terre qui va à sa fantaisie parmi les ajoncs et les murets de pierre, contournant ici et là un vieux calvaire de granit

---

1. Boute-hors ou bout-dehors : mât qui saille au-dehors du bateau et sert à établir le foc (voile triangulaire).

au Christ naïvement sculpté ou un menhir mystérieux surgi de la préhistoire.

– C'est ici, dit soudain Tonton Apostol.

Une maison blanche, comme les autres, trapue sous son toit d'ardoises rouillées, une maison toute simple aux volets verts, précédée d'un jardinet où les fleurs poussent en désordre, tout comme chez Tonton Apostol. Une grande femme en coiffe du pays vient à leur rencontre, tout en délaçant son tablier.

– Ah, Alexandre ! C'est toi qui es venu ! Comme c'est gentil à toi.

– Bonjour, Henriette !

Ils s'embrassent comme « du pain et du beurre », trois fois, à la mode de Bretagne.

– Celui-là, c'est Simon, mon petit mousse, un petit gars de Paris que j'ai pris chez moi en pension...

– Qu'il est coco !

Et le « coco » doit subir à son tour les massifs embrassements d'Henriette Corfmat.

– Et Adolphe ?

Henriette prend une figure de circonstance et étouffe un gros soupir.

– Oh, le pauvre ! C'est sa jambe qui le tient... Dès qu'il se lève, c'est un vrai supplice. Alors il reste au lit. Mais dame ! Il est d'une humeur massacrante... Pas bon à prendre avec des pincettes ! Enfin, ta visite va le distraire un peu. Entre Alexandre, entre mon petit mignon !

Les rideaux de la chambre sont tirés et Simon, habitué au grand soleil de l'extérieur, ne distingue tout d'abord que la masse sombre du lit.

— Patron Alexandre, dit une voix caverneuse sortant des profondeurs des couettes, tu es venu voir ton vieux matelot !

— Je t'ai apporté un paquet de gris, Adolphe, et puis des feuilles pour le rouler.

— Merci, Apostol ! C'est gentil à toi.

Les yeux de Simon s'habituent peu à peu à la pénombre. Allongé sur un lit étroit, mais d'une propreté méticuleuse, un homme gît, le visage mangé par une barbe de trois jours. Il est ridé comme une reinette à la Toussaint et il a un gros nez violacé qui rappelle un peu celui des clowns.

— Qui c'est, le mousse ?

Une fois de plus, Tonton Apostol explique l'histoire de Simon. Adolphe écoute, en approuvant de temps en temps d'un signe de tête.

— C'est un bon petit gars, conclut gravement Tonton Apostol, et si je l'avais un peu plus longtemps en mains, j'arriverais à en faire quelque chose.

Simon rougit de fierté : Tonton Apostol sait ce que parler veut dire et n'est pas homme à faire un compliment à la légère.

— C'est bien ! dit Adolphe. C'est bien !

Il tend sa main calleuse en direction de

Simon mais arrête bien vite son mouvement et grimace de douleur.

– Aïe ! dit-il.

– Tes rhumatismes ? demande Tonton Apostol compatissant.

– Dame oui, patron ! Ils me tiennent, et ils me tiennent bien. Pas étonnant, après avoir mariné aussi longtemps dans l'eau salée, plus souvent glacée que chaude, ça laisse des traces, forcément !

– Forcément !

Tonton Apostol s'est assis sur le bout du lit où repose son vieux camarade, doucement, précautionneusement, afin de ne pas effleurer la jambe douloureuse. Quant à Simon, il reste debout, légèrement en arrière.

– Ça me rappelle Lesconnec, dit tout à coup Tonton Apostol. Tu te rappelles bien, Adolphe, Lesconnec, celui qui était patron de l'*Yvonne-Renée*, un gars de Port-Louis ?

– Si je me le rappelle ! dit Adolphe. Comme s'il était là, à côté de toi. Un petit bonhomme, tout mince, mais qui savait mener ses hommes et qui n'avait pas son pareil pour plonger ses tangons [1] dans un banc de germons !

– C'est bien lui mon matelot !

– Pauvre Lesconnec... A la fin de sa vie, il

---

1. Tangons : longues perches de bois que l'on abaisse pour la pêche et auxquelles sont suspendues les lignes.

avait des mains tellement déformées par les panaris, les mals blancs, les bobos de toute sorte, qu'on aurait juré des pinces de homards !

– D'autant plus qu'il lui manquait deux doigts à la main droite et un, le pouce, à la main gauche.

– Pauvre Lesconnec !

Petit à petit, emportés par les souvenirs, les deux vieux pêcheurs ont oublié Simon. Ils parlent pour eux seuls d'un temps disparu à jamais, ils dialoguent, ils psalmodient sur le passé.

Simon se tait, évite tout mouvement afin de ne pas rompre le charme, mais il ouvre ses oreilles, toutes grandes.

– Tu te souviens, l'année de la grande tempête, Alexandre ? L'année où il y a eu dix thoniers d'Étel, autant de Groix et de Port-Louis, à faire leur trou dans l'eau. Quelle tempête, mon patron !

Tonton Apostol hoche lentement la tête.

– Oui, un coup de Suette [1] qui nous était tombé dessus comme la misère sur le pauvre monde. Tout le monde était en pêche. Dame, à cette époque-là, on n'avait pas encore la radio, ni les bulletins de météo... Si bien qu'il n'y a pas eu beaucoup de patrons à serrer la toile, à rentrer les tangons et à se mettre en fuite avant

1. Vent de sud-est.

l'arrivée du coup de tabac. Et alors, mon pauvre matelot, adieu la vie !

Tonton Apostol tend au rhumatisant une cigarette de tabac gris qu'il a roulée de ses gros doigts habiles.

– Heureusement, dit Adolphe tout en le remerciant d'un sourire, heureusement qu'à bord du *Roi Gradlon*, il y avait un patron qui avait du nez... Un patron qui s'appelait Alexandre Ezano, dit Apostol !

– Heureusement surtout que le *Roi Gradlon* était un fameux bateau, sans un vice, sans une faiblesse et qu'il était monté par un rude équipage, Adolphe Corfmat en tête.

Ils demeurent un instant silencieux, revivant leur tempête, tout en tirant sur leurs cigarettes.

– Quand je pense... murmure enfin Adolphe.

Tonton Apostol hausse les épaules.

– Justement, ça ne sert à rien de penser, mon pauvre Adolphe !

– On ne peut pas s'en empêcher. De savoir qu'il est là, sur sa vasière, en train de pourrir alors qu'on pourrait encore le sauver, qu'est-ce que tu veux, Alexandre, ça me fait mal au cœur !

– Le sauver, grommelle Tonton Apostol, le sauver... Pourquoi ? Les jeunes ne veulent plus entendre parler de thonier à la voile ; nous, nous sommes trop vieux ! Alors pourquoi veux-tu lutter, mon vieux camarade ? Notre *Roi*

Gradlon, il est sur son lit de mort, la vasière de la rivière d'Étel. Il n'y a qu'à le laisser mourir en paix.

– C'est quand même pas juste ! grommelle Adolphe.

– La justice n'a rien à voir là-dedans, mon pauvre matelot ! Ce qui compte, c'est les sous ! La rentabilité, comme ils disent. Le reste !...

Adolphe change de position dans son lit et retient un gémissement.

– Tu as mal ? demande Tonton Apostol.

– Bah ! Un peu, oui ! Mais quand même moins qu'en 1932 quand je suis tombé du mât. Tu te rappelles, Alexandre ?

– Dame, oui !

Ils repartent à nouveau dans l'évocation de ce qui fut leur vie, leur rude vie d'hommes du grand large. Ils parlent brumes et tempêtes, calmes plats, naufrages aussi... Simon se sent emporté bien loin de cette chambre obscure, vers la pleine mer.

Les deux vieux parlent toujours à mi-voix, perdus dans leurs souvenirs. Ce n'est que lorsqu'il lui faut bourrer sa pipe que Tonton Apostol s'aperçoit de la présence silencieuse du petit garçon :

– Ah, c'est vrai, dit Apostol, tu étais là, mousse ! Je t'avais oublié...

– J'écoutais, dit Simon.

– Ce n'est pourtant pas très intéressant, des fariboles de vieilles badernes !

– Oh si ! s'écrie Simon. Oh si, Tonton !

Le vieux se lève, se penche vers Adolphe.

– Guéris-toi vite, mon matelot.

– Je vais essayer, Alexandre.

– Je reviendrai te voir. Je t'apporterai du poisson. Kenavo [1], frère !

– Kenavo, Apostol.

Sur la route qui mène à la jetée de Magouër, Tonton Apostol marche à grands pas de faucheux, Simon trottinant derrière. C'est à peine si le vieux répond au « bonjour » des commères croisées en chemin.

– Embarque, dit-il à Simon.

Il détache lui-même l'amarre du *Fal Ben*, déborde le quai, hisse ses voiles, prend sa barre. Simon, décontenancé, n'ose lui proposer ses services. Enfin, à la hauteur du pont Lorhois, un semblant de sourire renaît sur la face tannée de Tonton Apostol.

– Petit, tu vas me faire le plaisir de prendre la barre et de me conduire tout droit à Saint-Cado. Et gare à tes oreilles si tu fais des bêtises !

Simon sourit, soulagé. Puisque Tonton Apostol gronde, c'est qu'à nouveau il est de bonne humeur.

---

1. Kenavo : au revoir, en breton.

TONTON APOSTOL A UN SECRET

Huit jours se sont écoulés depuis la visite à Adolphe Corfmat, huit jours bien remplis dans la vie de Simon : entre les bains, les parties de pêche, les leçons de godille et les promenades à vélo, c'est bien simple, il ne voit pas le temps passer. Il a peine à imaginer qu'il a pu vivre jusqu'alors sans connaître tout cela ; encore plus de peine à admettre qu'un jour, il lui faudra rentrer à Bry. S'il n'y avait pas ses parents, sa sœur, c'est bien simple, il demanderait à Tonton Apostol de le garder auprès de lui !

Pourtant, Tonton Apostol est bizarre ces temps derniers, comme si la visite à son vieux camarade avait réveillé chez lui des souvenirs pénibles, ouvert d'anciennes blessures. Il est toujours aussi bienveillant envers Simon, il continue de lui expliquer les choses, de lui dire les noms des poissons et des fleurs, mais Simon a l'impression qu'il est ailleurs, loin de sa maison et de son jardin. L'autre jour, Simon est rentré dans l'après-midi, après avoir été à la pêche aux palourdes avec les Nivanic. Il est

rentré par la petite porte du jardin. Tonton
Apostol était sous le figuier et ne l'a pas vu
entrer. Il avait le visage triste, les yeux perdus
dans le vague et parlait tout seul.

« Tas de biffins[1] ! disait-il, tas de bouchons
gras[2] ! Ils ont tout saboté ». Vite Simon a toussé
pour signaler sa présence et le vieux marin s'est
efforcé de sourire à son mousse. Mais le cœur
n'y était pas !

Et puis, et puis surtout, Tonton Apostol s'ab-
sente de plus en plus, le matin. Au début, il ren-
trait vers huit heures et demi ou neuf heures.
Maintenant, il est onze heures, quelquefois
plus, lorsqu'il amarre le *Fal Ben* devant sa maison. A ce moment-là, il a les traits fermés,
comme s'il était de mauvaise humeur (mais
c'est seulement parce qu'il est malheureux) et
Simon a compris qu'il fallait le laisser en paix
jusqu'à l'heure du repas. Ce n'est qu'alors que
le vieux marin arrive à retrouver son sourire.

– Ce n'est pas normal ! dit Mélie.
– Toi aussi, tu le penses ?
– Dame !... A son âge, courir ainsi, on ne sait
pas où !
– Peut-être qu'il va à la pêche ?

1. Biffin : pour les marins, terme assez méprisant ser-
vant à désigner les terriens.
2. Bouchon gras : terme méprisant donné par ceux de
la voile aux mécaniciens.

– Tu dis toi-même qu'il ne ramène presque plus de poisson. Et c'est pourtant le meilleur pêcheur de l'île !

– Peut-être qu'il n'y en a pas.

– Pas de poisson en rivière d'Étel ? Tu veux rire !... Tiens, mon cousin Ange y a été ce matin, à la pêche. Il a ramené plein son bateau de tacauds, de vieilles, de plies, sans parler des coquillages. Et Apostol est bien meilleur pêcheur que lui.

– Peut-être qu'il a seulement envie d'être seul ?

Simon et Mélie ont trouvé refuge sur la placette qui entoure la chapelle dédiée à saint Cado. Simon a fait part à son amie de ses inquiétudes concernant Tonton Apostol et la fillette s'est aussitôt enflammée, comme le veut son caractère bouillant.

– Apostol va « attraper sa mort » à courir comme ça ! C'est certain.

– C'est vrai, murmure Simon, c'est vrai : cette nuit, je l'ai entendu tousser ; il n'en finissait pas.

– Tu vois bien !

– Oh, Mélie ! Qu'allons-nous faire ?

Mélie se met à réfléchir, la tête entre ses mains.

– Il faut trouver quelque chose, dit-elle, mais attention ! Avec Apostol, il faut agir doucement, ne pas le brusquer. Il est têtu !

– Et puis il a le droit de faire ce qui lui plaît, dit Simon.

– Oui ! Mais tu dis toi-même qu'il est de plus en plus triste ! Tu reconnais qu'il tousse à longueur de nuit.

– Pas à longueur de nuit !

– Parce que tu dors et que tu ne l'entends pas ! Simon, moi je te dis que si nous n'agissons pas, nous aurons la mort de Tonton Apostol sur la conscience !

Simon a beau s'être familiarisé avec les exagérations de Mélie Nivanic, il ne peut s'empêcher de frémir.

– Alors ? dit-il.

Elle saute du muret sur lequel elle était perchée.

– Alors, voilà ! A quelle heure part-il le matin ?

– Je ne sais pas trop. Souvent, je ne l'entends pas. Mais je sais qu'il fait à peine jour.

– Donc, vers cinq heures et demie ou six heures ?

– A peu près.

– Et il sort toujours par le jardin ?

– Oui !

– Alors, Simon, voici ce que nous allons faire !

Simon dort profondément. Il rêve. Il est enfermé dans une sorte de cage sous-marine, et tout autour, des crabes ou des homards, il ne sait trop, grattent les parois afin d'y entrer. C'est un très mauvais rêve, presque un cauchemar ! Simon se retrouve assis dans son lit... Il est mieux là qu'on fond de la mer !

Les grattements continuent, au volet extérieur. Et Simon se rappelle soudain ! D'un bond il est hors de son lit et se précipite vers la fenêtre.

– Chut !

– Pas trop tôt, grommelle la voix de Mélie ; ça fait cinq minutes que j'essaie de te réveiller. On peut dire que tu as le sommeil dur.

– Attends-moi, j'arrive !

Vite, il s'habille, n'oublie pas d'enfiler un gros chandail de laine. Il franchit la fenêtre, referme le volet derrière lui. Mélie l'attend.

– Apostol n'a rien entendu ?

– Non, je ne crois pas.

– Alors, ne restons pas ici. Viens !

Ce n'est pas encore le jour et ce n'est plus la nuit. A l'est, vers le fond de l'estuaire, une lueur bleu pâle ou rose, on ne sait pas trop, envahit peu à peu le ciel. Des oiseaux que jamais encore Simon n'avait entendus chantent à plein gosier. Autrement, tout est calme, tout repose.

– Quelle heure est-il ?

– Je ne sais pas, dit Mélie. Cinq heures, peut-être. Dépêchons-nous, Apostol ne va sûrement pas tarder !

La veille, sur la place de Saint-Cado, ils

avaient adopté un plan d'action : se lever avant Apostol et le suivre de loin, avec *L'Espoir du marin*. Non par indiscrétion, mais simplement pour pouvoir aider le vieux marin, si toutefois il avait besoin d'aide.

– Viens, dit Mélie. Nous allons nous cacher dans le canot et attendre qu'il arrive.

Simon la suit silencieusement, encore à demi engourdi par le sommeil : une légère brume flotte sur la rivière, en écharpe mouvante, et Simon frissonne car il ne fait pas chaud.

– Ne t'en fais pas, Simon. Bientôt le soleil va se lever ; il dissipera la brume. Il va faire très beau, aujourd'hui !

Et soudain, une forme apparaît, longeant le mur du jardin.

– Attention, chuchote Mélie, le voilà !

Marchant d'un pas pesant, une paire d'avirons sur l'épaule, Tonton Apostol se dirige vers le *Fal Ben*. Tranquillement, il s'y installe. Il n'y a pas un souffle de vent et il n'établit donc pas la voile. Après avoir ramené son ancre à bord, il se met au banc de nage et s'éloigne en ramant.

Dès qu'il a disparu derrière une petite pointe de roches, Mélie bondit.

– Vite ! A nous !

Simon a fait de grands progrès dans l'art difficile de l'aviron, et il « nage » en souplesse, tandis que Mélie en fait autant de son côté.

– Bien ensemble, Simon. Un... deux... un... deux ! C'est ça !

Passé la petite pointe, ils aperçoivent le *Fal Ben* qui poursuit tranquillement sa route.

– Tonton Apostol va s'apercevoir que nous le suivons, dit Simon.

Mélie fait la grimace.

– C'est un risque à courir. D'autant plus qu'il voit loin. Heureusement qu'il reste encore un peu de brume ! Et puis il ne doit pas se méfier.

Le *Fal Ben* poursuit sa route vers son objectif mystérieux. Le plus loin possible, *L'Espoir du marin* le suit. Tonton Apostol semble piquer droit sur la pointe de Linézure, à l'est de Saint-Cado.

– Qu'est-ce qu'il peut bien aller faire par là ? murmure Mélie.

Simon, lui, oublie un peu l'objet de leur poursuite tant il est émerveillé par la beauté des choses : le soleil se prépare à émerger et les eaux de la rivière se teintent de couleurs pures. Des petites barques de pêche sortent mainte-nant des anses tranquilles où elles ont passé la nuit et gagnent les hauts-fonds poissonneux, les mouettes et les sternes commencent leur ronde criarde dans le ciel sans nuages...

– C'est beau ! dit-il.

Mais Mélie a autre chose à faire qu'à contem-pler le paysage.

– Regarde, Simon ! Apostol s'apprête à aborder la terre !

Le *Fal Ben* se dirige tout droit vers une petite crique déserte, entourée de pins et de bruyères.

– Arrêtons-nous. Laissons-le descendre. Ensuite, nous foncerons !

Apostol mouille son bateau, le plus près possible du rivage, descend dans l'eau qui lui arrive aux chevilles, gagne la grève, emprunte un petit sentier dissimulé dans les buissons et disparaît.

– Maintenant, à nous, dit Mélie.

Ils forcent sur les avirons. Deux minutes plus tard, *L'Espoir du marin* touche terre à son tour, juste à côté du *Fal Ben*.

– Dépêche-toi, Simon, il va nous échapper !

Le sentier par lequel le vieux marin a disparu serpente à travers la lande, en prenant tout son temps.

– Je me demande ce qu'il peut bien aller faire dans ce coin ? chuchote Mélie.

Un merle, effrayé, s'envole d'un chêne vert. Un petit lézard gris disparaît dans une faille de rocher. Le sentier se rétrécit, finit par n'être plus qu'une piste presque indistincte qui se perd dans la lande. Mais aucune trace de Tonton Apostol !

– Nous devrions le voir, dit Simon.

– Je ne comprends pas, dit Mélie.

Ils poursuivent pourtant leur chemin, s'éraflant les mollets aux épines des ronces et des ajoncs. Plus ils avancent et plus les buissons se font serrés.

– Apostol n'est certainement pas parti par là ! finit par avouer Mélie.

– Que faisons-nous ?

Mélie hausse les épaules en signe d'agacement ; elle a horreur de s'avouer vaincue.

– On retourne à la grève ! On monte la garde près du *Fal Ben*. Comme cela, nous ne pourrons pas le manquer !

Mais quand ils arrivent à la petite crique, une surprise les attend :

– Oh ! dit Simon.

– C'est trop fort ! dit Mélie.

Le *Fal Ben* a disparu. Il ne reste plus que *L'Espoir du marin*, tirant sagement sur sa chaîne.

– Qu'est-ce qu'on fait ? demande encore Simon.

– On rentre, tiens !

Mais quand ils montent dans le bateau, une autre surprise ! Sur le banc de nage, il y a une feuille de papier blanc, pliée en quatre, maintenue par un galet. Mélie la déplie, la lit silencieusement et la passe à Simon.

Chers petits curieux, les vieux oiseaux de mer ont horreur qu'on les suive, ne le saviez-vous pas ? Un goéland est capable de faire des milles et des milles pour dépister les dénicheurs... Rentrez vite maintenant, vous allez pouvoir bénéficier du courant de jusant. Kenavo !

Et c'est signé Tonton Apostol !

D'un geste rageur, Mélie remonte l'ancre à bord.

– Il nous a bien eus ! murmure-t-elle.

Et dans sa voix il y a comme une nuance de respect ou d'admiration.

Quand Tonton Apostol est rentré, vers midi, il y avait plein de malice dans son regard. Depuis longtemps, il n'avait paru aussi joyeux.

– Alors, mousse, a-t-il dit à Simon, tu t'es bien promené ce matin ?

Simon, tout ennuyé, a commencé à balbutier.

– Tu sais, Tonton, ce n'était pas pour t'espionner. Mélie et moi, on s'est dit que peut-être tu avais besoin d'aide. Je... je te demande pardon !

D'un geste affectueux, le vieux marin a frotté la tête de Simon avec sa grosse patte.

– Je ne t'en veux pas, mon fi ! Je me suis même bien amusé, grâce à vous !

– Tu t'es aperçu que nous te suivions ?

– Dame, oui ! A dire vrai, j'ai .entendu la Mélie gratter à tes volets, puis je vous ai vus vous cacher dans la plate des Nivanic. Enfin, il ne m'était pas bien difficile de vous repérer sur l'eau, malgré vos précautions. Alors j'ai décidé de vous jouer un petit tour à ma façon. Et j'y suis parfaitement arrivé, je crois !

– Oh oui ! dit Simon. J'ai encore les mollets qui me cuisent de s'être frottés aux ronces et aux orties de ton petit chemin.

Tonton Apostol souffle sur les braises de la cheminée pour faire repartir le feu ; puis, de son panier de pêcheur, il sort une seiche qu'il appelle une « morgate » et se met en devoir de la préparer.

– Simon, dit-il, il faut que tu me promettes de ne plus me suivre. Un jour, peut-être, je te dirai mon secret. D'ailleurs, tu serais sans doute déçu, ce n'est pas un secret bien intéressant pour un gamin de ton âge !

– Peut-être que si ! murmure Simon.

– Peut-être, oui. Mais c'est le mien et je veux le garder pour moi tout seul. A mon âge, on commence à avoir le droit d'être un tout petit peu égoïste.

– Tonton ! Tu ne vas pas tomber malade ?

Le vieux fixe ses yeux bleu clair sur le visage tendu de Simon et sourit doucement.

– Ma vieille carcasse est solide, dit-il doucement. Ne t'en fais pas, petit.

Il a dépiauté la seiche, enlevé la poche à sépia et l'« os » interne. Maintenant, il coupe en menus morceaux la chair blanche et ferme.

– Tu n'as jamais mangé de « morgate », mousse ?

– Non, Tonton, je ne crois pas.

– Alors, tu vas voir. C'est délicieux. Il y en a qui disent que c'est aussi bon que le homard.

Pendant que la seiche commence à cuire sur le feu, Simon met le couvert.

– Mousse, reprend le vieux. Tu me promets de me laisser tranquille avec mes vieilles histoires ?

– Oui, Tonton. C'est fini. J'attendrai que tu veuilles bien de moi.

– Alors c'est bien, dit Apostol.

Et doucement, il se sert un bon verre de cidre pétillant.

– A ta santé, mon mousse ! dit-il.

TONTON APOSTOL DISPARAÎT

Chose promise, chose due... Simon avait promis de ne plus chercher à connaître le secret de Tonton Apostol. Il tint parole. Après tout, le vieux marin avait bien le droit d'avoir un domaine qui lui appartînt en propre ! D'autant plus que, à la suite de la farce qu'il avait jouée à Mélie et à Simon, il semblait avoir retrouvé un meilleur moral ; la tristesse apparaissait moins souvent sur son visage et il ne toussait plus la nuit.

Libéré de ses soucis, Simon put se livrer entièrement à ses vacances. Juillet touchait maintenant à sa fin, et les touristes se pressaient de plus en plus nombreux pour admirer le site célèbre de l'île Saint-Cado, ce qui n'empêchait pas les pêcheurs de pêcher, les ostréiculteurs de s'occuper de leurs huîtres et les enfants de jouer autour de la vieille fontaine marine. Simon était maintenant aussi bronzé qu'un jeune Sicilien, il godillait presque aussi bien que Mélie et attrapait les crabes avec une désinvolture qui faisait l'admiration des prome-

neurs. Il disait « Dame oui ! » ou « Dame non ! »,
comme les petits morbihannais le font, et savait
même quelques mots bretons !

Bry-sur-Marne lui paraissait loin, très loin,
presque sur une autre planète ! Et la rentrée de
septembre encore beaucoup plus éloignée ! Ses
journées se passaient simplement au rythme
des marées, au gré des vents et du soleil. Pour
les gens de Saint-Cado, il n'était plus « le Parisien » mais « le garçon d'Apostol » et il en
éprouvait beaucoup de fierté.

Bref, tout allait pour le mieux, jusqu'à ce
matin d'août où, à une heure de l'après-midi,
Tonton Apostol n'était pas encore rentré.

Ainsi que le vieux marin le lui a recommandé
hier soir, Simon a mis des pommes de terre à
bouillir. Chez l'épicier du « continent » il a été
chercher du sel, de la farine, et il n'a pas oublié
d'acheter au bureau de tabac le paquet de
« gris » indispensable à la bonne humeur
d'Apostol.

Maintenant, il l'attend. Ce matin il a été à la
pêche, car c'est le plus fort d'une grande marée
et la mer s'est retirée très loin. Il a été avec les
Nivanic chercher des palourdes. Il n'a plus
besoin de retourner des tonnes de sable vaseux
avant d'en trouver une, il fait comme les
autres : il pêche au trou. Il en a ramené une

bonne cinquantaine, noires, grosses, les meilleures. Tonton sera content !

L'horloge a sonné midi, puis le coup unique de midi et demi et Simon commence à se sentir un peu inquiet. Jamais Apostol n'est rentré aussi tard. Bah ! Il a dû, lui aussi, profiter de la grande marée et il va bientôt rentrer, faisant résonner ses sabots de bois sur les pierres du jardin tout en brandissant son panier de pêche, plein à craquer !

Les pommes de terre sont cuites, presque trop même, car elles commencent à se défaire. Simon les ôte du feu. Il a faim ! Il mange cinq ou six palourdes gorgées d'eau de mer avec une tartine de gros pain de campagne enduite d'un beurre jaune et salé.

Une heure... Une heure et quart. Cette fois, Simon est franchement inquiet. Même si Tonton est tombé sur un banc de mulets ou sur une huîtrière sauvage, il n'a pas oublié l'heure à ce point. D'ailleurs, la mer remonte depuis longtemps !

A une heure et demie, Simon court chez les Nivanic. Ils sont encore à table, dégustant la « cotriade » de crabes ramenés par Abel et Nono.

– Entre, mon gars, dit Mme Nivanic, assieds-toi !

Mais Simon refuse.

– Tonton Apostol n'est pas rentré, murmure-t-il. Il a dû lui arriver quelque chose !

– Un vieux de la vieille comme lui ! dit Mme Nivanic. Ça m'étonnerait.

Mais Mélie est aussitôt debout.

– Jamais il ne rentre aussi tard, maman !... Il faut aller à sa recherche.

– Finis au moins de déjeuner !

– Sûrement pas. Viens, Simon !

Dehors, dans la chaleur de cet après-midi d'août, tout est calme.

– Il est parti par mer, c'est donc par mer qu'il faut le chercher. Tu es d'accord, Simon ?

– Bien sûr !

Mais où ?... De Magouër à Nostang, de Kerminihy à Locoal-Mendon, la côte de la rivière d'Étel est découpée en milliers d'anses, de presqu'îles, de rias, de pointes boisées, de criques secrètes. Où trouver Apostol dans ce dédale ?

– Tu n'as aucune idée de sa cachette ?

– Non, dit Simon.

Mélie soupire.

– Ça ne va pas être facile, dit-elle. Enfin, si nous repérons le *Fal Ben*, nous aurons gagné.

Mais au bout de trois heures de recherches, exténués par la chaleur, les bras brisés à force de tirer sur les lourds avirons, ils doivent renoncer à leur recherche.

– A nous deux, nous n'y arriverons jamais !

Heureusement, les vents sont d'est et leur

permettent de revenir à la voile jusqu'à l'île Saint-Cado. Le *Fal Ben* n'est pas à son poste de mouillage. Tonton Apostol n'est toujours pas rentré.

— On avertit les hommes ? demande Simon.

— S'il n'a rien, Apostol sera furieux !

— Mais s'il a quelque chose ?

Mélie réfléchit.

— Écoute, dit-elle, nous allons prendre nos vélos et foncer à Étel. Nous demanderons à Éric et Dominique de nous aider.

— Et puis peut-être que Tonton sera là-bas ? Peut-être qu'il a trouvé des amis de l'ancien temps et qu'il est resté discuter avec eux ?

— Peut-être, on ne sait jamais !

A Étel, pas de traces du *Fal Ben*, ni de son patron. Par contre, Éric et Dominique sont là, à leur poste, essayant de redonner vie à la vieille carcasse dont ils sont propriétaires. Elle a déjà changé d'allure, d'ailleurs, et elle commence à nouveau à ressembler à un vrai bateau.

— Salut ! Vous venez nous aider ?

Mis au courant des événements, les deux garçons proposent aussitôt leur aide.

— Mais, dit Éric, le mieux serait sans doute d'avertir les autorités maritimes.

— Si Apostol a encore un souffle de vie, murmure Mélie, il ne nous le pardonnera jamais. Se faire ramener chez lui par le canot de sauvetage, ou pire encore par des pompiers ? Quelle honte pour lui !

Éric et Dominique se consultent du regard.

– Écoutez, dit Dominique, voici ce que nous allons faire. Nous allons emprunter la vedette du Père Ugène. La marée est haute, nous pourrons passer partout !

– Vite, allons-y ! dit Simon.

La *Petite Jeanne*, la vedette du Père Ugène, est une pinasse arcachonnaise, pontée, profilée, dotée d'un puissant moteur. Le Père Ugène n'est pas là, mais Éric et Dominique n'ont aucun scrupule à lui emprunter son embarcation. D'une part, ils en ont l'autorisation ; et d'autre part, il s'agit peut-être de sauver la vie de Tonton Apostol.

– Je largue les amarres, vérifie le plein du réservoir, dit Éric à Dominique. Vous, les gosses, montez !

– Il y a assez de carburant pour tourner trois ou quatre heures, dit Dominique.

– Alors, allons-y !

La *Petite Jeanne* démarre doucement pour se frayer un passage parmi les nombreux bateaux de pêche ou de plaisance mouillés devant le port d'Étel ; mais dès que la route est libre, Éric, qui est à la barre, la pousse à sa vitesse maximum et elle bondit comme une pouliche

libérée, laissant derrière elle un impressionnant sillage d'écume blanche.

– Ça va plus vite qu'avec *L'Espoir du marin*,
dit Mélie.

Bientôt, la vedette passe sous le pont Lorhois
et bifurque sur l'île Saint-Cado. Il faut s'assurer
que Tonton Apostol n'est pas rentré.

– Le *Fal Ben* n'est pas à son mouillage, murmure Simon.

– Alors commençons les recherches, dit
Éric. Ouvrez bien les yeux !

Recommandation inutile. Tous quatre fixent
intensément chaque point du rivage, chaque
rocher de l'estuaire, chaque bateau sur l'eau.
La mer est au plus haut, et comme c'est la
grande marée, elle s'étale immense et calme.

Inlassablement, la *Petit Jeanne* se faufile dans
les rias, contourne les îlots, s'enfonce dans les
anses. Dans d'autres circonstances, Simon
admirerait la beauté et la variété des sites ainsi
découverts, mais il est trop tendu par sa
recherche.

Rien dans la baie de la Forest ! Rien non plus
à Kergrésec, ni à Listrée, ni à Kerdavid. Et le
temps passe. Cela fait maintenant plus de trois
heures que la vedette explore l'estuaire dans
ses moindres détails.

– Les enfants, dit Éric, je crois qu'il ne faut
pas insister. Nous allons rentrer à toute vitesse
à Étel et prévenir l'Inscription maritime. Leurs

moyens sont plus puissants que les nôtres ; ils enverront même l'hélicoptère de la Protection civile. Nous ne devons plus hésiter !

– Oui, dit Simon. Tant pis si Tonton Apostol se met en colère.

La vedette donne toute sa puissance. Déjà Étel est tout proche lorsque, soudain, Simon a une idée. Adolphe Corfmat ! Comment n'y a-t-il pas pensé plus tôt !

– Écoutez, dit-il. Tonton Apostol a un vieux camarade au Magouër... Je suis certain qu'il connaît son secret. Nous devrions aller le voir. C'est juste en face, là, à cinq minutes de la petite cale. Je connais le chemin, j'y suis allé l'autre jour avec Tonton Apostol.

Éric fait la moue, regarde sa montre.

– Tu sais, Simon, il est déjà six heures et demie !

– Nous en avons pour un quart d'heure au plus et nous avons des chances, grâce à Adolphe Corfmat, de gagner beaucoup de temps.

– Je crois que Simon a raison, dit Mélie.

Éric et Dominique hésitent encore, conscients de la gravité de leur décision.

– C'est bien, dit enfin Dominique. Allons voir Adolphe Corfmat, mais faisons vite !

Sitôt la vedette accostée à la cale de Magouër, ils sautent à terre et courent de toutes leurs jambes vers la petite maison des Corfmat.

Ni le vieux calvaire de granit, ni le menhir ne retiennent leur attention. Ils n'en ont pas le temps !

Enfin Simon s'arrête et désigne la maison blanche aux volets verts.

– C'est ici, dit-il en haletant car il est à bout de souffle.

Henriette Corfmat est en train d'étendre une lessive immaculée sur les ajoncs qui lui servent de séchoir.

– Ma Doué Jésus ! dit-elle, mais c'est le petit gars de chez Apostol. Que se passe-t-il, mon mignon ?

En quelques mots, Simon la met au courant de la situation et la brave femme joint les mains.

– Apostol disparu ! Pas possible ! Venez vite voir Adolphe.

Adolphe Corfmat n'est pas couché, comme l'autre jour. Il se repose dans un antique fauteuil à oreillettes, sa jambe douloureuse posée sur un tabouret.

– Saint-Anne bénie ! gémit Henriette, Sainte Anne bénie, Adolphe, si tu savais !

– Si tu beurles [1] comme ça, Henriette, sûr que je ne saurai rien !

Simon recommence son récit : comment il a attendu Apostol jusqu'à une heure, comment ils

1. Beurler : geindre, gémir.

l'ont recherché, avec Mélie d'abord, avec Éric et Dominique ensuite.

– On a regardé partout, monsieur Corfmat, on a tout fouillé et on n'a rien trouvé.

Adolphe secoue la tête à trois reprises.

– Je vois, dit-il.

– Alors, on s'est dit que peut-être vous pourriez nous aider.

– Bien sûr que je sais où il est ! dit-il.

Puis il se tourne vers sa femme.

– Henriette, dit-il, va demander à Dédé Madec de me conduire en camionnette jusqu'à la cale.

– Adolphe ! Dans ton état ! Tu ne vas pas...

Il l'interrompt d'un geste énergique.

– Mon patron est peut-être en danger ! Alors ce n'est pas un malheureux rhumatisme qui va m'arrêter ! Dépêche-toi, femme. Et vous, les enfants, aidez-moi à me lever et à capeler ma veste !

Cinq minutes plus tard, la vieille camionnette de Dédé Madec, artisan maçon, voisin des Corfmat, brinquebale son chargement humain jusqu'à la cale où est amarrée la *Petite Jeanne* ; Adolphe Corfmat serre les dents pour ne pas laisser échapper un gémissement.

– Aidez-moi à embarquer, maintenant, dit-il.

Le vieux matelot qui, autrefois, faisait de l'équilibre sur les vergues des trois-mâts, est obligé de se faire manipuler comme un sac de

84

farine ; enfin, il est installé dans le cockpit de la vedette.

– Maintenant, droit sur le pont Lorhois, dit-il, je vous guiderai.

Passé le pont, Adolphe Corfmat désigne, sur la rive droite de la rivière, la pointe de Mané Hellec.

– Droit dessus !

– Mais, dit Mélie, nous avons déjà fouillé ce coin-là, Adolphe, et nous n'avons rien...

– Droit dessus, j'ai dit !

Pas question de discuter. D'ailleurs, Éric qui est à la barre a déjà obéi au commandement.

La pointe est toute proche maintenant.

– Va plus doucement, maintenant, mon gars. Il y a des têtes de roche dans le coin !

Éric diminue la vitesse, attentif aux ordres.

– Passe devant le Moustoir, et continue.

La *Petite Jeanne* passe à raser la côte.

– Attention ! dit Adolphe Corfmat. Quand je te dirai, tu viendras en plein sur tribord !

– Entendu !

– Vas-y !

Entre deux pointes rocheuses, si rapprochées qu'elles ne laissent entre elles qu'un étroit passage, une sorte de fjord est apparu.

– Navigue bien au milieu ! recommande le vieux matelot tandis que Simon, soudain, pousse un cri de joie.

– Le *Fal Ben* ! dit-il.

En effet, la petite yole bordelaise de Tonton Apostol est là ; elle n'est pas seule, d'ailleurs : elle est mouillée à côté d'un bateau beaucoup plus beau, beaucoup plus gros aussi ; un bateau impeccablement peint en blanc, avec un liston bleu clair et qui dresse vers le ciel sa mâture intacte.

– Un thonier ! dit Éric avec respect.

Adolphe approuve.

– Oui, un thonier, et pas n'importe lequel. *Le Roi Gradlon* lui-même, patron Alexandre Ezano, bosco Adolphe Corfmat. C'est notre bateau à nous, mes petits gars...

La *Petite Jeanne* accoste au flanc du thonier. Simon, Mélie et Dominique ont bondi à son bord en même temps. Apostol est là, couché sur une gléne de cordage amoureusement lovée. Il se tient la jambe, mais il sourit.

– Vous m'avez trouvé, dit-il ; je commençais à me faire à l'idée de dormir à bord !

LA CACHETTE DU ROI GRADLON

– Tonton Apostol, enfin !

Simon a couru vers le vieux marin, mais celui-ci l'arrête d'un geste.

– Eh là, doucement, mon fi ! Attention à ma jambe !

Adolphe Corfmat est parvenu à mettre les pieds sur le pont du thonier, grâce à l'aide d'Éric et de Dominique.

– Apostol ! Patron ! Qu'est-ce que tu as ? Des rhumatismes, toi aussi ?

Apostol secoue la tête.

– Dame, non ! Je te les laisse, mon pauvre Adolphe. Mais j'ai dû me faire une entorse, ou une foulure, je ne sais trop ; en tout cas, je ne peux plus remuer la jambe.

Dominique s'approche.

– Si vous voulez, dit-il, je peux regarder. J'ai passé un brevet de secourisme l'hiver dernier.

– Qui es-tu, toi ? demande Apostol en le dévisageant de son regard bleu de mer.

– C'est Dominique, dit Simon ; tu sais, Tonton, je t'en ai parlé. Celui qui rafistole un vieux bateau avec son copain.

– Ah oui ! dit Apostol. Eh bien regarde, mon gars, et vois ce que tu peux faire !

Doucement, Dominique relève le vieux pantalon de toile, tellement délavé, tellement rapiécé que bien malin serait celui qui pourrait deviner sa couleur d'origine ; d'une main adroite, il palpe la cheville du vieux marin qui étouffe un juron breton.

– Maloru ! dit-il. Tu me fais mal !

– Je crois que vous vous êtes foulé la cheville, dit Dominique. Mais il faudra appeler un médecin quand vous serez rentré chez vous, parce que je peux me tromper.

Tonton Apostol maugrée.

– J'ai glissé sur un congre. Tu te rends compte, Adolphe. Nous qui avons vécu quelquefois jusqu'au ventre parmi les thons, voilà qu'un malheureux foëtte [1] a raison de moi. Ce que c'est que de vieillir, tout de même !

– Tu sais, Tonton, dit Mélie, il y a des acrobates qui se cassent la figure sur une peau de banane.

Le sourire revient sur le visage tanné d'Apostol Ezano.

– Ah, tu était là, toi, Bon Bec ! dit-il.

_____
1. Foëtte : congre de petite taille.

– Dame ! Simon et moi, on te cherche depuis midi et il est sept heures du soir.

– Mes pauvres enfants, dit Apostol. Je pensais bien que vous seriez inquiets. J'ai essayé de me laisser glisser jusqu'au *Fal Ben*, mais rien à faire, j'avais trop mal... vraiment trop mal...

– On vous a cherché également, dit Éric, mais sans monsieur Corfmat, nous ne vous aurions jamais trouvé !

Les deux vieux échangent un regard complice.

– Dame ! dit Adolphe. Nous, on en connaît des cachettes ! Pas vrai, Alexandre ?

– Sûr, dit Apostol en hochant la tête. Et celle-ci est une des plus belles ; une cachette digne d'abriter notre *Roi Gradlon*.

Maintenant qu'il est libéré de son inquiétude, Simon regarde de plus près le fameux bateau d'Alexandre Ezano, le grand thonier du large, l'oiseau de haute mer. Qu'il est beau avec son parquet de bois frotté au savon noir, lessivé à grande eau, avec le fût de ses mâts vernis dressés vers le ciel, avec ses haubans de chanvre formant voûte au-dessus de la tête... On sent qu'une main fidèle a entretenu chaque pièce, même minuscule, du gréement, a roulé chaque cordage, a graissé chaque poulie, comme si demain, en même temps que le soleil, *Le Roi Gradlon* devait regagner l'infini de l'océan.

– Il te plaît, mon *Roi Gradlon ?* demande Apostol en souriant.

Mais ses yeux demeurent graves, comme s'il attendait avec anxiété la réponse de son mousse.

– Oh oui, Tonton, c'est beau !

S'appuyant à la lisse pour soulager ses jambes trop lourdes, Adolphe Corfmat fait lentement le tour de « son » bateau. A chaque endroit, il a des souvenirs par dizaines, joyeux ou tragiques. Son bateau ! Cela faisait bientôt vingt ans qu'il n'avait pas mis les pieds à bord. Alors, pendant que personne ne le regarde, il écrase une larme, une seule, qui perlait au coin de ses yeux.

Éric et Dominique, passionnés des choses de la mer, demeureraient volontiers, eux aussi, sur le pont du thonier. Mais le soleil est en train de se coucher, là-bas, vers Étel, vers le large.

– Il faut rentrer, dit Dominique. La nuit va tomber, et le père Ugène s'inquiéterait de ne pas nous voir revenir avec la *Petite Jeanne.*

– Tu as raison, mon gars, dit Apostol. Allons, les invalides, à embarquer !

Le transbordement des deux vieux marins, l'un presque infirme, l'autre éclopé, n'alla pas sans mal, mais enfin ils y parvinrent. Bientôt, la *Petite Jeanne* franchit l'étroite passe qui préservait des regards curieux le domaine du *Roi Gradlon* et gagna le chenal. La mer baissait sérieusement et il y avait des risques d'échouage. Heureusement, Apostol connaissait les lieux !

– Viens un peu sur ta gauche, mon garçon... Là, comme ça ! Maintenant, mets le cap sur la maison blanche que tu vois là-bas. Ne t'inquiète pas, il y a encore de l'eau sous ta quille !

Un quart d'heure plus tard, la vedette, qui avait pris le *Fal Ben* en remorque, arrivait devant l'île Saint-Cado.

Quand Apostol eut débarqué, quand des voisins alertés l'eurent transporté en brouette jusque dans son lit, Éric et Dominique vinrent lui dire au revoir.

– Kenavo, mes garçons, et merci pour tout... Sans vous, Simon, mon petit mousse, eût été bien désemparé !

– Nous avons été heureux de pouvoir vous aider, dit Dominique.

– Quand ma jambe sera guérie, dit Apostol, j'irai voir votre chantier à Étel... J'avais un oncle qui était charpentier de marine et je connais bien le métier. A mon tour, j'essaierai de vous donner un coup de main.

Le docteur Laurent, un vieux médecin de Belz, ami des gens de mer aussi bien que des paysans, vint voir son malade et le rassura.

– Une bonne foulure, Apostol, dit-il, mais étant donné la solidité de ta carcasse, ça ne devrait pas t'handicaper trop longtemps... Quatre ou cinq jours, pas plus !

– Vous ne me racontez pas d'histoire ?

– Non, rassure-toi, ce n'est rien. Mais dame ! Pas d'imprudence ; reste immobile, la jambe allongée, jusqu'à ce que je te permette de te lever.

Garder Alexandre Ezano au lit, c'était une entreprise aussi difficile, aussi hasardeuse que de mettre un albatros en cage. Les jours qui suivirent, Simon dut faire preuve d'autorité et de patience, tant son malade y mettait de mauvaise volonté.

– Allons, Tonton, bois ce potage... C'est madame Nivanic qui l'a fait pour toi !

– Non, Tonton, il ne faut pas te lever. Tu sais bien que le docteur l'a défendu !

Le garçon trouvait d'ailleurs un secret plaisir à veiller ainsi sur son vieil ami, à le dorloter, à le couver, comme s'il se fût transformé tout à coup en un jeune garçon, en un petit frère plus jeune et plus fragile. De son côté, et malgré ses jérémiades et ses grommellements, Apostol n'était pas mécontent, au fond, de se faire choyer par son mousse. Simon mettait son point d'honneur à ce que tout fût aussi impeccable que lorsque Apostol s'occupait lui-même du ménage. Seule la préparation des repas lui posait quelques problèmes ; mais grâce aux conseils de Mélie, grâce surtout à l'aide de Mme Nivanic, les choses n'allaient pas trop mal. « Si Maman me voyait ! pensait quelquefois Simon, tandis qu'il soufflait sur les braises du foyer, ou qu'il vidait un poisson. Elle n'en reviendrait pas ! »

Le soir, à la veillée, Simon venait s'asseoir sur un petit banc, entre le lit d'Apostol et la cheminée. Depuis le sauvetage, depuis aussi que, sans trahir sa promesse, il avait découvert le secret du vieux marin, il y avait quelque chose de changé dans leurs rapports. Simon eût été bien en peine de définir ce changement, mais il le ressentait profondément.

Maintenant, Tonton Apostol parlait très souvent de son thonier.

– Tu as vu, petit, comme il est beau ? disait-il. Et encore, tu ne le verras sans doute jamais sous voile, avec vent favorable, taillant sa route vers le large ! Tu ne peux pas savoir ! Il y a autant de différence entre un bateau au mouillage et un bateau en mer qu'entre une alouette en cage et une alouette qui monte vers le soleil. Un bateau, c'est fait pour vivre, pour se battre... Ce n'est pas fait pour pourrir sur une vasière !

A ce moment, son visage se fermait à nouveau...

– Tonton, il a l'air en bon état, *Le Roi Gradlon*.

– Dame oui, petit ! Je n'ai pas fait comme les autres patrons, moi ! Ils ont mis sac à terre, abandonné leur bateau n'importe où, et adieu ! Moi, je ne veux pas que *Le Roi Gradlon* meure avant moi. Alors, je le soigne, je le dorlote, je change ce qui doit être changé...

– Tonton, il pourrait reprendre la mer ?

– Peut-être. Mais pour aller où, petit ? Un thonier, ce n'est pas un bateau de Parisien. C'est fait pour pêcher le thon.

– Je comprends, Tonton.

– Allez, mousse, parlons d'autre chose. Il y a des sujets qui font trop mal lorsqu'on en discute !

Cinq jours plus tard, Apostol était de nouveau sur pied. La jambe un peu lourde encore, mais bien content de pouvoir aller et venir.

C'est presque timidement qu'il demanda à Simon :

– Petit, si tu n'as rien de mieux à faire, tu pourras peut-être m'accompagner au *Roi Gradlon*.

Simon, stupéfait, demeura silencieux. Apostol le regarda du coin de l'œil.

– Tu comprends, j'aurai du mal à me hisser à bord avec ma patte encore un peu raide. Ça ne t'ennuie pas, au moins ?

– Oh ! Tonton !...

Comme s'il ne savait pas, le vieux malin, que c'était le plus grand plaisir qu'il pût faire à son mousse !

Il ne fait pas très beau ce matin, oh non ! Le baromètre, le « sorcier » comme l'appelle Apostol, a chuté verticalement durant la nuit et le

95

vent souffle violemment du sud-est, prenant la rivière d'Étel à rebrousse-poil, poussant devant lui des vagues courtes, mais hargneuses. Il en faut d'autres, pourtant, pour arrêter Alexandre Ezano !

– Mousse, dit-il à Simon, mets ton ciré et capelle ce vieux bonnet de laine.

– Oui, Tonton.

Seul, et même avec Mélie Nivanic, Simon ne se sentirait guère rassuré, mais avec Tonton Apostol, il est tout en confiance. Le *Fal Ben*, sous voilure réduite, file comme une flèche en direction de l'anse secrète où repose le thonier.

– Profitons-en, dit Apostol, car si la piaule [1] continue, pour revenir, ce sera une autre danse !

Enfin voici le havre, abrité de tous vents, où se dresse, au milieu des grains, la silhouette immaculée du *Roi Gradlon*.

– Regarde-le, dit Apostol, en posant sa grosse patte sur l'épaule du garçon, regarde comme il est beau dans le mauvais temps ! Et encore, ça c'est une tempête de demoiselle, mais si tu l'avais vu dans les gros coups de tabac du large !

Non sans peine et grâce à l'aide de son mousse, Apostol parvient à se jucher à bord. Sans plus s'occuper du garçon, il commence à faire le tour du propriétaire. Rien n'échappe à

1. Piaule : coup de vent.

son œil perçant : il refixe la bâche protégeant les panneaux de la cale que le vent avait déplacée, il vérifie la tension des haubans, les amarrages des tangons, il se penche à l'avant du bateau pour voir s'il tire bien en même temps sur ses deux ancres.

– Tout est clair ! dit-il enfin en revenant vers Simon.

– C'est du solide ! dit Simon pour dire quelque chose.

– Ça, tu peux le dire ! C'est tout en cœur de chêne, en chanvre premier brin, en toile de Locronan. Des choses qu'on ne fait plus... Tout est en plastique et en nylon, maintenant. C'est plus léger, qu'ils disent ! Peut-être. Mais c'est sûrement moins beau !

Il hausse les épaules, comme pour chasser ce qui l'obsède.

– Viens, petit, nous allons descendre « en bas ».

Le maître de Simon dirait, bien sûr, que « descendre en bas » est un pléonasme, mais qu'importe ! « En bas », c'est le poste d'équipage : une longue table de bois blanc, vernie à clair par le contact mille fois répété des rudes vêtements de mer, des bancs, des couchettes étroites qui courent le long de la cloison, si bien entretenues qu'on jugerait que les hommes y ont encore dormi cette nuit. Apostol désigne l'une d'elles.

– C'était celle d'Adolphe Corfmat, dit-il. Un fameux marin, tu sais.

– Ici, continue le vieux, c'était la place de Madec, qu'on appelait « Nez de bœuf ». A terre, le pauvre gars, il était un peu porté sur le vin rouge, mais à la mer, c'était un homme ! Quand on a désarmé, il a mis son sac à bord d'un chalutier, le *Joseph-Élise,* et lui qui avait plus de trente campagnes au thon, il a trouvé moyen de faire son trou dans l'eau dès sa première marée.

– Ici, c'était la place de mon mousse, le petit René, un petit gars de l'Assistance qui connaissait ni père, ni mère. Nous, on l'aimait bien à bord, parce qu'il portait bonheur. Et puis, lui aussi, il a dû partir.

– Où ça, Tonton ?

– A Paris, rugit le vieux. Paraît qu'il est au métro et qu'il poinçonne des tickets toute la journée. Tu te rends compte, petit, avoir connu le grand large, avoir bourlingué, avoir sorti des thons de l'eau et se retrouver quasiment dans une tombe. Tu trouves ça juste, toi ?

Pour laisser à la colère qu'il sent monter en lui le temps de s'apaiser, Apostol sort sa pipe et la bourre jusqu'à la gueule.

– Viens, maintenant, dit-il à Simon, je vais commencer à t'apprendre.

Ils remontent sur le pont et le vieux donne en effet à son mousse sa première leçon de tho-

nier. Comme de juste, il commence par le commencement : il nomme les mâts, il dit que cette poulie, là-bas, c'est un « cap de mouton » ; il nomme les voiles, comme si elles étaient encore en place.

– Tu te souviendras, petit ?

– Oh oui, Tonton !

– Alors, je te ramènerai ici et je t'apprendrai d'autres choses.

Simon resterait des heures, des journées entières à bord du *Roi Gradlon*, mais Apostol flaire le temps, en fronçant le nez.

– Faut y aller, petit gars ! Et prépare-toi à la danse.

Ils dansent, en effet, vent debout, le « nez dans la plume », comme dit Apostol. Simon, trempé, abruti, ballotté en tous sens, ne pense pas à avoir peur. Au contraire il est ravi, il a envie de chanter.

– Tu as le pied marin, mon mousse, dit Apostol lorsque le *Fal Ben* a regagné l'abri de l'île Saint-Cado. C'est bien !

Jamais personne n'avait fait à Simon un compliment qui lui fasse autant de plaisir !

LE CHANTIER D'ÉTEL

Le lendemain, lorsque Simon ouvre le volet de bois de sa chambre après avoir entendu le rituel « V'là le lait » de Maria Dilosquer, il constate que le vent s'est apaisé durant la nuit et que le beau temps est revenu. La pluie a chassé la poussière, le paysage est net et propre sous le soleil d'août qui brille à nouveau.

Simon gagne la cuisine. Le lit d'Apostol est fait, la bouilloire chante au coin du foyer. « Tonton est parti tout seul, se dit le garçon, il ne m'a pas emmené. » Il est un peu déçu, sans doute, mais il comprend tout de même fort bien que le vieux ne peut pas renoncer comme ça aux rêveries solitaires dont il a fait la part la plus importante de sa vie.

Pendant qu'il avale son café, le facteur s'annonce d'une voix forte :

– Y'a du courrier, dit-il.

Une lettre de Bry. Simon la lit tout en dévorant une tartine. Tout va bien là-bas : on parle de retirer bientôt les plâtres qui immobilisent les jambes de Papa. Maman ne s'ennuie pas

101

trop de ses enfants et tricote pour Simon un beau pull bleu : « un vrai pull de marin », précise-t-elle, qu'il trouvera quand il rentrera. Colette se plaît beaucoup à Saint-Véran et apprécie le confort de la caravane ; elle s'entend très bien avec Sylvie, la fille du collègue de Papa et ne souffre pas du tout de son asthme. Fifille, la petite chienne bâtarde de leur voisin, M. Coilard, a eu quatre chiots blancs et noirs. On construit un grand ensemble sur le terrain vague, près du pont, là où Simon avait l'habitude d'aller jouer au football avec ses camarades. Maman a hâte de revoir son garçon ; elle est certaine de ne pas le reconnaître à son retour tant il aura changé... Elle l'embrasse, elle le charge de transmettre son affectueux souvenir à Tonton Apostol...

Simon repose la lettre ; tout un univers, tellement familier et pourtant tellement lointain, vient de renaître devant ses yeux. Dans un mois, il sera à Bry, ce sera la rentrée des classes ; il retrouvera la petite épicerie du coin de la rue, le cinéma de l'avenue, les marronniers déjà jaunissants et les calmes péniches sur la Marne. Dans un mois, Tonton Apostol sera seul à nouveau, avec ses souvenirs, avec ses désespoirs.

« Il faut qu'avant mon départ, nous ayons trouvé une solution, se dit Simon. Il le faut absolument ! »

– Simon ! Houhou !

C'est la voix pointue d'Abel et de Nono.

– Oui ?

– Mélie a une course à faire à Belz, pour maman. Elle y va à vélo. Elle nous emmène. Elle demande si tu veux venir avec nous. Tu viens ?

– Bien sûr, dit Simon, j'arrive.

Et bientôt, tous quatre se livrent à une course acharnée sur la route qui monte vers Belz. Allons, la rentrée est encore lointaine, les vacances continuent !

Lorsque Apostol est rentré, il a posé sur la table une énorme araignée de mer dont la carapace tout en creux et bosses rappelle à Simon la surface de la lune telle qu'elle apparaît à la télévision.

– On va faire cuire ça avec du laurier, a dit le vieux. Tu vas te régaler ; c'est aussi bon que le homard !

Puis, tandis qu'il s'affairait, il a ajouté :

– Cet après-midi, j'irai rendre visite à tes copains, les deux gars de Paris qui rafistolent un vieux canot. Comment les appelles-tu déjà ?

– Éric et Dominique ?

– Oui, c'est ça. Ils me plaisent bien et j'ai envie de les aider. Si tu n'as rien de mieux à faire, je t'emmène.

– Oh oui ! Est-ce que Mélie pourra venir aussi ?

– Mélie-Bon-Bec ! Bien sûr !

– Et Nono et Abel ?

Le vieux fait la grimace.

– Hum ! Ces deux-là, ils ne sont pas de tout repos !

– Mais Mélie est obligée de les garder. S'ils ne viennent pas, elle devra rester avec eux.

– C'est bon, dit Apostol, on les emmènera également. En attendant, mousse, mets le couvert.

Tout de suite après le déjeuner, Simon a été chercher les Nivanic, ravis de l'aubaine.

– Vous les castors [1], a dit Tonton Apostol à Nono et Abel, vous vous asseyez sur le banc du milieu et vous n'en bougez plus. Promis ?

– On va attraper des fourmis dans les jambes !

– Sur le *Fal Ben,* il n'y a pas de fourmis. Bon, Mélie et Simon, vous vous installez à l'avant, vous surveillerez le foc. Allez, en route !

Simon commence à connaître par cœur le paysage boisé, piqueté de maisons blanches, qui s'étend entre Saint-Cado et Étel, mais il ne s'en lasse pas. La traversée s'effectue sans histoire, Abel et Nono font preuve d'une sagesse méritoire et bientôt Étel est en vue.

---

1. Castor : surnom donné aux mousses dans la marine.

– Rappelez-vous, les garçons, dit Apostol, on vient ici pour travailler, pas pour baguenauder ni faire les quatre cents coups. Si je suis content de mon équipage, je vous paierai une tournée de glaces avant de repartir.

Sur les quais d'Étel, tout le monde connaît Alexandre Ezano, les vieux surtout qui se chauffent sur un banc au soleil en remuant leurs souvenirs et en critiquant – un peu, pas trop – les façons de faire des jeunes.

– Alors, Alexandre ? Toujours solide au poste ?

– Toujours, Tintin !

– Bonjour, Apostol. Tu viens prendre une bolée ? On parlera du bon vieux temps !

– Bonjour à toi, Camille. Aujourd'hui, j'ai à faire. La bolée, ce sera pour une autre fois !

Éric et Dominique sont au travail, sur la grève chauffée à blanc par le soleil. Torse nu, la tête recouverte d'un vieux chapeau de paille, ils travaillent avec ardeur.

– Salut, les jeunes ! dit Apostol.

Les deux garçons lèvent le nez et sourient en reconnaissant les arrivants.

– Bonjour !

– Bonjour, monsieur Apostol, vous allez mieux ?

– Je suis complètement guéri, dit le vieux, mais dame ! Il ne faut pas m'appeler monsieur, il faut me dire « Tonton », comme tout le monde. Et puis il ne faut pas me vouvoyer, je n'en ai pas l'habitude et ça me gêne !

– Promis, Tonton ! disent Éric et Dominique.

Apostol descend la courte pente qui mène à la grève, puis il fait le tour du bateau en réfection. Il palpe, il ausculte, hochant la tête, murmurant des mots incompréhensibles. Enfin, il s'arrête.

– Alors ? dit Dominique.

– C'est une bonne baille, dit Apostol. Elle a souffert d'être abandonnée, mais vous avez fait du bon travail, les garçons ; aussi bien qu'un charpentier de marine.

Éric et Dominique bombent le torse. Il faut dire que leur bateau a bien changé depuis le jour où Simon et Mélie l'ont vu pour la première fois. Alors, ce n'était plus qu'une épave ; maintenant, c'est à nouveau un bateau : ils ont changé les bordés, calfaté les fonds, ils ont travaillé sans répit malgré les tentations de toute sorte, malgré les invites des jeunes vacanciers, malgré la douceur de l'air, la chaleur du sable, la tiédeur de l'eau.

– Oui, dit Apostol, c'est du bon travail !

Puis il retrousse ses manches, crache dans ses mains.

– Maintenant, dit-il, passez-moi la varlope !

Bientôt, tout le monde est en action : Apostol rabote, Éric scie, Dominique ajuste. Simon, à grands coups de marteau, enfonce des clous que lui passe Nono. Mélie aidée d'Abel, plonge poulies et ridoirs[1] rouillés dans un bain d'huile.

– Quatre ou cinq jours comme ça et le bateau serait prêt, dit Dominique.

– Mais, dit Apostol, nous avons bien l'intention de revenir ! Pas vrai, les enfants ?

– Dame si !

Tout en maniant la varlope, Apostol, mine de rien, donne des conseils judicieux aux deux garçons, les amène à rectifier d'eux-mêmes certaines erreurs, à envisager des solutions auxquelles ils n'avaient pas pensé.

– Tonton, dit Éric, c'est formidable, vous savez tout !

Apostol fronce les sourcils.

– D'abord, mon gars, je t'ai dit de ne pas me vouvoyer !

– Excusez... excuse-moi, Tonton, ça m'a échappé. Mais c'est la dernière fois, je te le promets !

– Ensuite, c'est normal que j'en sache un peu plus long que vous sur les bateaux. Ça fait soixante-dix ans qu'on se fréquente, eux et moi, alors vous pensez !

Éric reprend d'un ton qui s'efforce d'être indifférent :

---

1. Ridoir : pièce métallique permettant de tendre les haubans.

– C'est tout de même dommage, Tonton Apostol, que toutes ces connaissances, toute cette science que vous... que tu as acquises au cours des ans, tu ne puisses les transmettre à personne !

Le bonhomme le fusille du regard.

– Maloru ! dit-il, en se croisant les bras, mais qu'est-ce que je suis en train de faire maintenant, hein ? Je vous aide, je vous dis comment faire !

– Bien sûr, Tonton !

– C'est évident !

– Alors, qu'est-ce que vous voulez de plus ?

Éric fait un clin d'œil à Dominique, qui heureusement échappe au vieux marin.

– Tu sais, Tonton, dit Dominique, Éric et moi, nous avons essayé d'apprendre à naviguer. Nous avons été en stage aux Glénans [1], nous avons embarqué sur le bateau des copains, nous avons lu des tas de livres...

– Peuh ! dit Apostol.

– Justement ! Nous savons très bien que ça ne suffit pas, et que nous avons tout à apprendre !

– La voile, dit Apostol, ça s'apprend, je ne dis pas non, mes petits gars, mais surtout ça se sent. J'en ai connu des hommes, courageux,

1. Archipel au large de Concarneau, centre de formation de navigation à la voile.

durs à la peine, pleins de bonne volonté et qui, pourtant, on ne sait pas pourquoi, n'avaient pas le sens de la mer...

– Tonton, reprend Éric après un silence, nous voudrions que tu embarques avec nous lors de nos premières sorties, pour voir si nous sommes capables de faire de bons marins.

Le vieux se tait, plus flatté, plus touché qu'il ne saurait dire, par l'offre des garçons. Pourtant, quand il se décide à leur répondre, c'est pour bougonner :

– Je ne suis plus bon à rien, mes pauvres garçons ! La mer appartient maintenant aux motoristes, aux mécaniciens ! Leurs bateaux sont pleins de gonios, de radars, de sondeurs, de mécaniques auxquelles je ne comprends rien. Alors, à quoi bon le sens de la mer ?

– Tonton, dit doucement Dominique, tu sais bien qu'il n'y aura pas de moteur sur notre bateau. Rien que des bonnes voiles que nous avons fait tailler et coudre chez Le Rose, à Concarneau.

– Celui-là, il connaît son métier ! dit Apostol.

– Bien sûr, nous ne serons pas de vrais marins comme toi, nous n'en ferons pas notre métier. Moi, je veux être médecin, et Éric veut faire du théâtre. Il n'empêche que la mer, nous l'aimons vraiment. Nous lui avons sacrifié toutes nos vacances, nous lui consacrons toutes nos économies. Tu es d'accord ?

– C'est vrai, mes garçons !

– Alors, tu nous accompagneras lors de nos premières sorties en mer ?

Soudain, les yeux bleu clair d'Apostol pétillent de malice.

– Bien sûr ! Et avec grand plaisir, encore !

Avant de remettre le cap sur Saint-Cado, Apostol a quitté le chantier pour aller saluer un vieux camarade qu'il a aperçu prenant l'air, sur le quai. Les enfants demeurent seuls, avec Éric et Dominique.

– Vite, dit Dominique, profitons de ce qu'il n'est pas là pour vous mettre au courant.

– Au courant de quoi ? dit Mélie.

– Voilà. Éric et moi, nous avons pensé que ce serait merveilleux si nous pouvions décider Apostol à remettre à flot *Le Roi Gradlon*, et à le réarmer.

– Vous êtes fous, dit Mélie. Les thoniers à voile, c'est fini ! Ce n'est plus rentable !

– Il ne s'agit pas de refaire des campagnes de thon. Mais nous connaissons à Paris beaucoup de jeunes de notre âge qui seraient ravis de naviguer à la voile sur un bateau comme celui d'Apostol. Ils paieraient leur quote-part, bien entendu !

Simon hoche la tête.

– C'est une bonne idée, murmure-t-il, mais

ça m'étonnerait que Tonton Apostol y consente. Pour lui, *Le Roi Gradlon* est condamné à mourir lentement, sans espoir. Il s'est mis ça en tête et quand il est persuadé de quelque chose, il est difficile de le faire changer d'avis.

– Il est têtu comme une mule, surenchérit Mélie.

– Écoutez-moi, dit Dominique. Il faut que Tonton Apostol ait l'impression que notre idée vient de lui, vous comprenez ?

– Vaguement, dit Mélie.

– Éric et moi, nous avons pensé que la meilleure façon d'aborder le problème, c'était de le faire naviguer avec nous, sur notre bateau. Tonton Apostol, qui ne sort plus de la rivière d'Étel, va être obligé de renouer avec la haute mer, c'est important !

– Sûrement !

– Et puis, bon gré mal gré, il va faire équipage avec nous, il va nous commander, nous conseiller, il va devenir indispensable...

– Ce n'est pas bête, murmure Mélie.

– En tout cas, dit Dominique, il ne faut surtout pas qu'il se doute de notre complot. Chacun doit garder le silence absolu. Vous avez compris, Abel et Nono ?

Les deux petits prennent un air dédaigneux :

– Vous nous prenez pour des faux frères ?

Simon aperçoit soudain la grande silhouette de Tonton Apostol qui se dirige vers eux.

– Attention, dit-il, le voilà !

L'« APOSTOL » PREND LA MER

Les jours qui suivirent, ils travaillèrent tous d'arrache-pied à la finition du bateau d'Éric et de Dominique. Chaque après-midi, les enfants embarquaient avec Apostol sur le *Fal Ben* et rejoignaient Étel.

Apostol, qui avait pris les choses à cœur, ne s'était pas contenté de dispenser de judicieux conseils ni même de mettre « la main à la pâte ». Il connaissait tout le monde : grâce à lui, les vieux marins en retraite, les artisans, les commerçants d'Étel apportèrent également leur contribution plus ou moins efficace, plus ou moins bénévole, à l'achèvement du bateau. L'un vendit à bon compte deux matelas Dunlopillo pour garnir les couchettes, l'autre donna un lot de bols et d'assiettes très légèrement ébréchés afin de garnir la cuisine. Un vieux pêcheur fournit tout un lot de manilles et de poulies dont il n'avait plus l'usage, le cordier fit des prix pour les élingues et les amarres. Bref, à la fin de la semaine, le bateau fraîchement peint, verni, astiqué, bichonné, fut déclaré par Apostol comme « bon à prendre la mer ».

Restait à le baptiser : tout d'abord parce qu'un bateau sans nom n'est pas un vrai bateau, et surtout parce que c'était indispensable vis-à-vis de l'Administration maritime, pour qu'elle puisse fournir aux garçons les papiers exigés par la loi.

Cela ne fut pas une mince affaire, chacun ayant une idée bien arrêtée.

– Moi, je propose un nom de fleur, dit Abel lorsque la séance fut ouverte. Et comme la coque est peinte en bleu, on devrait appeler le bateau *La Pervenche* ou *La Jacinthe* !

– C'est idiot, dit Mélie. Un bateau, c'est un bateau, ce n'est pas une fleur. Il lui faut donc un nom marin : *Le Typhon* ou *Le Cyclone*...

– Ce sont peut-être des noms un peu trop courants, se permet de dire Dominique.

Nono, qui griffonnait quelque chose sur un bout de papier lève la main à son tour.

– Écoutez, dit-il. Comme nous avons tous travaillé au bateau, je propose qu'on l'appelle (il lit en ânonnant ce qu'il a écrit sur son papier), le... Le *APSIMEDOABERNO*.

– C'est du chinois ? dit Mélie.

– Pas du tout, ce sont nos initiales APostol, SImon, MElie, DOminique, ABel, ERic, NOno, ce qui fait bien : *APSIMEDOABERNO*, c'est pas mal, non ?

– Absolument impossible, dit Mélie, et les autres sont bien de cet avis.

Simon, consulté, avoue ne pas avoir beaucoup réfléchi à la question. Timidement, il propose : *Le Laboureur de la mer* ou *Le Jouet des flots,* mais il s'incline très vite devant le silence qui accueille sa proposition.

– Tonton Apostol aurait certainement de très bonnes idées, murmure-t-il.

Le vieux marin sourit à son mousse.

– Je ne dis pas, mon petit mousse. Il y a des noms qui me trottent en effet dans la tête, des noms que j'aime bien...

– Oh, Tonton, dis-les nous ! s'écrie Mélie, mais le vieux marin secoue la tête.

– Je crois seulement, continue-t-il, que c'est à Éric et à Dominique de baptiser leur bateau. Il est à eux. Ils l'ont mérité en sacrifiant leurs vacances, en se privant de tout, en travaillant sans arrêt. Oui, c'est à eux de lui donner un nom.

Dominique regarde Éric. Ils sourient en même temps.

– C'est bien ce que nous pensions, dit Dominique.

– Nous ne voudrions pas vous faire de peine, ajoute Éric, mais, bien avant que vous ne commenciez la discussion, notre choix était fait.

– Et, pourrions-nous savoir lequel, interroge Mélie, légèrement vexée.

– Bien sûr, dit Éric.

– Certainement, dit Dominique.

– Alors ?

– Eh bien, notre bateau portera un nom tout simple, mais que nous aimons beaucoup. Il s'appellera *L'Apostol*.

– Si du moins, Tonton, tu le veux bien !

Alexandre Ezano fouille longuement dans ses poches, finit par en sortir un immense mouchoir à carreaux noirs et rouges, se mouche longuement, bruyamment, puis finit par dire d'une voix tout enrouée :

– Ça, mes petits gars, c'est gentil ! Dame oui, c'est très gentil !

– Alors, tu veux bien ?

– Sûr et certain que je veux bien... Je vais vous confier quelque chose. Si on m'appelle Apostol dans le pays – ça veut dire l'Apôtre en breton –, c'est parce que c'était le nom du bateau de mon père, un cotre à tapecul qui n'avait pas son pareil. Même que c'est avec lui que mon père a disparu dans un gros mauvais temps d'hiver, du côté de la Teignouse [1] ou des Bivirdeaux [1]. Alors, vous comprenez !... Je serai votre parrain, au bateau et à vous. Je vous pro-

---

1. Teignouse, Bivirdeaux : deux plateaux de roches aux abords de Quiberon.

mets que je veillerai au grain et que ce bateau-là, lorsque vous serez rentré à Paris, il sera couvé et bichonné comme le fils d'une reine !

– Vive *L'Apostol !* s'écrie Mélie.

Et le cri est aussitôt repris par toute l'assistance. Pendant quelques minutes, tout le monde danse et chante, et l'enthousiasme atteint son comble lorsque Éric apparaît avec une bouteille.

– Du champagne ! dit Abel.

Ce n'est pas du champagne mais un vague mousseux car les finances des deux garçons sont basses, très basses. Qu'importe, après tout ! Éric tend la bouteille à Tonton Apostol.

– A toi, Tonton, dit-il. Puisque tu es le parrain.

Il y a tant d'émotion soudain, sur le visage parcheminé d'Alexandre Ezano, tant de tendresse aussi, que chacun fait silence, même Mélie la bavarde, même Abel et Nono, les insupportables. Le vieux s'approche à pas lents de la coque bleue, il la regarde longuement, il la contemple.

– Vieille coque, murmure-t-il. Vieille barcasse ! Tu étais condamnée, toi aussi, à pourrir sur la vase grise. Et puis deux petits gars sont venus. Ils t'ont choisie, ils t'ont aimée. Avec leur cœur, avec leurs bras, ils t'ont refait une beauté, ils t'ont redonné une âme. Et puis maintenant, tu es parée à reprendre la mer. Peut-être bien que tu ne verras jamais les Amériques, ni même le grand large ; ça ne fait rien. Tu seras sur l'eau, tu gîteras à la brise, tu rouleras à la lame. Tu seras un vrai bateau. Alors, moi, Alexandre Ezano de Saint-Cado, je suis content et fier d'être ton parrain et je te baptise *L'Apostol* qui est mieux que mon nom, mon surnom de marin. Je te le donne et te souhaite belle mer, et bon vent !

Et d'un geste brusque, il précipite la bouteille sur le nez du bateau. Le liquide mousseux pétille sur la peinture fraîche, tandis que les assistants poussent des « hurrahs ! ». *L'Apostol*, sorti de l'anonymat, est désormais prêt à prendre la mer.

« Prendre la mer », la saisir, c'est-à-dire s'en emparer comme d'une mine d'or, ou comme d'une cavale rétive. Ces jours-là, Simon comprit ce que l'expression voulait dire. Pour Tonton Apostol et donc pour lui-même qui ne quittait pas le vieux d'une semelle, plus de flânerie sur le port de Saint-Cado, plus de parties de pêche, mais uniquement la mise en condition de *L'Apostol*, en compagnie d'Éric et de Dominique auxquels, quand ils le pouvaient, venaient se joindre les membres du clan Nivanic.

– Nous ne franchirons la barre que lorsque vous posséderez votre bateau, avait dit Alexandre Ezano aux deux garçons.

Ils se plièrent à la discipline. Ils « briquèrent » la rivière d'Étel en long et en large, du Magouër à l'Istrée, de Nostang à Linézure. Ils apprirent à sentir leur bateau, à prévoir sa réaction à chaque allure, à chaque armure. Ils surent peu à peu ce qu'il lui fallait de voilure lorsque le vent fraîchissait, comment il se comportait vent arrière, comment il remontait au vent. Ils prirent des habitudes, acquirent des réflexes. Les yeux fermés bientôt, ils purent mettre la main sur la drisse de grand-voile ou sur l'écoute de foc. Ils firent, comme on dit, « corps » avec leur bateau.

Ils étaient recrus de fatigue, leurs mains étaient écorchées, leur peau recuite par le soleil de fin d'août. Ils étaient heureux, pourtant. Ils le furent encore plus lorsque Tonton Apostol, maître impitoyable, commandant exigeant, leur déclara un beau soir :

– Vous y êtes, mes petits gars. Demain nous sortirons ! Et cette fois je ne serai plus que votre passager, ce sera à vous de mener votre barque !

Ce soir-là, Éric et Dominique, enfoncés dans leur sac de couchage, ont partagé la chambre de Simon, *L'Apostol* mouillé à côté du *Fal Ben*. C'est Tonton qui les a réveillés à six heures. Il faisait nuit encore, car, à la fin du mois d'août, les jours sont déjà beaucoup plus courts.

– Le jus est chaud ! a dit le vieux. Dépêchez-vous, il faut partir avec la marée !

Une heure plus tard, *L'Apostol* a franchi la barre d'Étel. Dans les coups de gros temps, elle est effrayante, et nul ne s'y risque. Mais aujourd'hui il fait beau. Le temps est couvert de légers nuages d'un gris très tendre et la brise souffle doucement du suroît.

Simon, blotti à l'avant, regarde le large venir vers lui. Plus de terres, plus d'îles, plus de repères, mais la grande mer ouverte, comme le livre des merveilles.

Éric est à la barre. Tonton Apostol, à côté de lui, tire doucement sur sa vieille bouffarde et regarde l'océan comme un vieux paysan son champ de blé. Dominique surveille la voilure, étarque la grand-voile, choque [1] l'écoute de foc, veille sur toute chose. Les Nivanic ne sont pas de la sortie : Mélie devait aider sa mère à étendre la lessive sur la lande, et Nono et Abel ont été jugés un peu jeunes pour partir au large sans la présence de leur aînée.

Tranquille, têtu, le cotre bleu au petit largue gagne sa route, vague par vague : la longue

---

1. Choquer : donner du mou à un cordage.

plage de sable blanc, qui s'étend sur des kilo-
mètres entre la barre d'Étel et la pointe de
Gavres, se rétrécit doucement à mesure que la
distance augmente. Le soleil a fini par percer
les nuages et il fait presque chaud, malgré la
fraîcheur de la brise.

Personne ne parle ; juste les mots nécessaires
pour la bonne marche du bateau. Tonton a fini
sa pipe puis, du sac de marin qu'il a emmené, il
sort tout un attirail.

– Viens ici, mousse, dit-il à Simon, tu vas
m'aider à préparer les lignes.

Bien sûr, il ne s'agit pas de pêcher le thon,
seigneur de très haute mer, mais le vieux sait
par expérience que la mer n'est jamais vide.
Bientôt, voici Simon en possession d'une ligne
plombée, dotée d'un avançon [1] de nylon au
bout duquel brille une cuillère.

– Qu'est-ce que j'en fais, Tonton ?
– Tu la mets dans l'eau, tiens !
– Mais il n'y a pas d'appât !
– Pas besoin.

Simon, attentif aux conseils donnés par Apostol, laisse filer sa ligne qui plonge dans le sillage du bateau.

– Maintenant, tu l'amarres, tu la tiens en

1. Avançon : bout de ligne, plus fin, où s'accroche l'ha-
meçon.

122

main. Et si tu sens une secouse, tu la ramènes à bord, sans l'embrouiller.

Simon se concentre, guettant la moindre vibration... Les minutes passent et il commence à perdre espoir quand soudain il sent une nette secousse !

– Tonton, j'ai senti quelque chose !

– Alors emmène, mousse ! Doucement ! Ne t'énerve pas !

Bientôt, au bout de la ligne encore immergée, on aperçoit un éclair d'argent bleuté.

– Un brezel [1] dit le vieux ; un beau !

– Un quoi ?

– Un maquereau, si tu préfères. Attention, ne le laisse pas se décrocher.

Hop là ! Il y a maintenant un magnifique maquereau qui se débat sur le pont de *L'Apostol*, qui donne des coups de queue désespérés. Il est irisé, argenté, vert, noir, rien à voir avec ceux qu'on trouve au marché de Bry.

Simon remet sa ligne à l'eau. Il en pêche bien une dizaine, puis plus rien.

– Nous sommes sortis du banc, dit Apostol. Bah ! Nous en avons assez pour nous régaler.

Simon regarde en direction de la terre : tandis qu'il pêchait, elle a disparu. Il n'y a plus désormais que le ciel, la mer, et entre les deux, le cotre qui « taille sa route ».

---

1. Brézel : maquereau, en breton.

– Bien sûr, ce n'est pas un thonier, murmure le vieux, mais tout de même, c'est un fin marcheur.

Des heures et des heures ils naviguent ainsi, dans le silence, avec la seule compagnie des oiseaux de mer. Simon, très fier de ses fonctions de mousse, sert les sandwiches, passe la bouteille de cidre bouché choisie avec soin par Apostol. Dans le seau où ils les a mis, les maquereaux ont cessé de se débattre.

Apostol scrute le ciel et la mer, attentif à des indications que les autres ne peuvent sentir.

– Maintenant, dit-il, nous sommes assez au large, il faut rentrer.

Et timidement presque, il demande à Dominique :

– Tu me donnes la barre, petit ? J'aimerais voir ce qu'il donne au grand large.

Dominique lui laisse la place. Alexandre Ezano vire de bord et, profitant de la brise qui a fraîchi, lance *L'Apostol*. Ses gros doigts crispés sur le bois de la barre, ses yeux bleu clair à demi fermés, au ras de sa casquette, il éprouve intensément la joie de sentir vivre un bateau.

Le retour s'effectue plus rapidement que l'aller, car le cotre bénéficie des vents favorables.

– Voilà la terre ! dit le vieux.

Les garçons ne voient encore rien. Il leur faut bien cinq minutes supplémentaires pour apercevoir enfin la côte basse et le phare de Kermi-nihy.

La barre s'est un peu formée, mais reste très praticable et *L'Apostol* franchit sans encombre les quatre ou cinq rouleaux qui en indiquent l'emplacement. Bientôt, c'est le calme de la rivière d'Étel, ses doux paysages, les maisons basses et blanches, les bois de pins maritimes : un autre monde, plus calme, plus humain, mais sans doute moins exaltant.

L'Apostol a repris sa place auprès du *Fal Ben*. Ensemble, ils ont vidé les maquereaux, que le Tonton a aussitôt mis à frire dans la grande poêle noire.

Ils parlent peu. Ils sont fatigués un peu, et surtout pénétrés de la joie de cette journée de grand large. Sitôt le repas fini, Apostol se lève.

– Il faut aller vous coucher, les garçons, dit-il. Vous avez eu une rude journée !

– Une bonne journée, Tonton, ajoute Éric.

– Oh oui !

Apostol les regarde avec tendresse.

– Vous avez un bon bateau, dit-il, et vous êtes capables de vous en servir. C'est bien !

– Tu reviendras avec nous, Tonton ?

Il hausse les épaules.

– Je n'ai plus grand-chose à vous apprendre, mes gars. Ce que vous ne savez pas encore, vous le découvrirez bien tout seuls.

– Tout de même, Tonton, tu as été heureux de cette journée en mer.

Il leur livre ses yeux clairs où pétillent les étincelles du feu.

– Heureux ? Sûr, mes gars ! Dame, oui ! Mais malheureux aussi... C'est comme si on m'avait montré à nouveau le Paradis pour me replonger tout vif dans les flammes du purgatoire, presque aussitôt. Je commençais peut-être un peu à oublier comment c'était. Maintenant, je me rappelle...

Il secoue sa crinière blanche.

– Allons, assez causé, dit-il. Allons dormir !

LA CONSPIRATION

Heureux ?... Malheureux ?... En tout cas, et contre toute attente, à partir de cette journée de grand large où il avait paru si détendu, Tonton Apostol retrouva son humeur la plus sombre, son mutisme le plus fermé, ce que Mélie Nivanic appelait, d'un terme breton, son *Moj du*, son « mufle noir ». Simon, qui voyait avec désespoir le temps passer de plus en plus vite et se rapprocher la date de la rentrée, s'en désolait.

– Je n'y comprends rien, confia-t-il à Mélie. Tant qu'a duré le réarmement de *L'Apostol*, il était détendu, il chantait, il racontait des histoires. Le jour de notre sortie au large, on aurait dit qu'il avait rajeuni de vingt ans. Et puis... crac !

– Pour moi il est malade d'avoir vu la mer, la vraie mer.

– Mais il peut sortir quand il veut ! Éric et Dominique ne demandent pas mieux que de lui prêter leur bateau ! Au contraire !

– Ce n'est pas le sien. Voilà !

– Je le sais, mais que faire ?

– C'est Dominique et Éric qui ont raison, Simon. Il faut convaincre Apostol de réarmer *Le Roi Gradlon*... seulement je ne sais vraiment pas comment nous allons nous y prendre pour décider ce vieil entêté !

– En tout cas, dit Simon, je n'oserai jamais lui en parler.

– Pourtant, Simon, il n'y a que toi qui puisses le faire. A moi, il dirait tout de suite : « Ferme ton bon-bec » et je n'aurais plus un mot à dire. Toi, c'est différent ! Tu vis chez lui, avec lui, il te raconte des choses qu'il ne dit à personne, il t'a emmené seul sur *Le Roi Gradlon*. Tu es « son mousse », Simon. Dans la bouche de Tonton Apostol, ça signifie qu'il te considère comme faisant partie de son équipage. Tu comprends ?

– Je comprends, murmura Simon. Mais je n'ose pas !

Dominique et Éric, consultés à leur tour, furent de l'avis de Mélie : c'était à Simon de tenter de convaincre le vieux marin.

– Si nous lui en parlons, dit Éric, je vois d'ici sa tête et j'entends déjà sa réponse : « Mes petits gars, maintenant vous avez votre « canote » qui marche bien, alors naviguez et laissez-moi tranquille avec mon *Roi Gradlon* !

Simon n'avait jamais été en face d'un tel problème.

– Mais qu'est-ce que je vais lui dire ?

Éric lui prit l'épaule.

– C'est à toi de voir, Simon. Mais ce que nous pouvons t'assurer, c'est que nous sommes avec toi. Si Apostol l'accepte, il aura des jeunes pour faire naviguer son thonier. Nous en avons déjà parlé à des copains : ils frétillent d'enthousiasme, rien qu'à l'idée de naviguer sur un vrai thonier à la voile. Il y en a même qui suggèrent de le réarmer pour la pêche au thon.

– Ils ne se rendent pas compte !

– Non, bien sûr ! Dominique et moi, nous croyons que cela n'est pas possible. C'est un métier qui ne s'apprend pas en un hiver, malgré la meilleure volonté. Puis ça coûterait trop cher.

– Tu vois bien !

– Par contre, si nous parvenons à réunir une douzaine d'amis, tous passionnés de voile et prêts à payer de leur personne, prêts à verser chaque mois un peu d'argent, je suis persuadé que le *Roi Gradlon* pourrait naviguer à nouveau sous la direction de Tonton Apostol. Ce serait, si tu veux, une sorte d'école de voile. Mais quelle école ! Et quel commandant !

– Tonton ne voudra jamais...

– En tout cas, il faut le lui demander. Essaie de trouver le moment favorable, mais n'oublie pas que tu pars dans une semaine et qu'Éric et moi, nous te suivrons de peu. Donc, n'attends pas trop longtemps !

– Si vous croyez que c'est facile !

– Nous ne disons pas cela, Simon ! Mais pour Tonton Apostol, pour le *Roi Gradlon*, pour nous tous, il faut agir vite. Après, il sera trop tard !

Alors, en désespoir de cause, Simon décida d'aller demander conseil à Adolphe Corfmat. Il le trouva dans son jardin, occupé à ramasser des pommes de terre en compagnie d'Henriette, sa femme.

– Ma doué, c'est le petit mousse d'Alexandre ! dit la brave femme, il ne lui est rien arrivé, au moins !

– Non, il va très bien !

– C'est gentil de venir nous dire bonjour. Attends, je vais te faire chauffer un bon café, avec du pain et du beurre « pour aller avec » !

Simon eut beau protester, il lui fallut bien se plier au rite sacro-saint du « café » breton. Adolphe Corfmat allait bien mieux, les vilains rhumatismes qui l'avaient tenu cloué sur son lit durant des semaines avaient disparu comme par enchantement.

– Peut-être qu'ils reviendront un jour, sans crier gare, mais pour le moment, j'ai retrouvé mes jambes de jeune homme et ça fait bien plaisir.

Simon n'avait pas envie de parler du sort du *Roi Gradlon* devant Henriette Corfmat. Il lui semblait que cela ne la concernait pas et la brave femme aurait entrecoupé son récit d'exclamations diverses. Il les aida donc à ramasser les pommes de terre puis, profitant de l'éloignement d'Henriette, il dit :

– Adolphe, il faut que je te parle. Tu peux m'accompagner jusqu'à la route ?

– Dame oui, mon gars... Maintenant que j'ai retrouvé mes jambes !

Sur le chemin creux serpentant à travers la lande, Simon se confia donc au vieux matelot qui l'écouta jusqu'au bout, gravement.

– Asseyons-nous là, dit-il en désignant le soubassement d'une vieille croix de pierre, lorsque Simon eut terminé son récit.

– Mon gars, commença-t-il, vous avez eu une rude idée, tes copains et toi !

– Tu la trouves bonne !

– Mieux que ça ! Parce que, je vais te le dire, petit, l'Apostol, il se ronge les sangs pour son bateau. Il ne peut pas se faire à l'idée de le voir pourrir sur une vasière. Les autres patrons ont accepté, même s'ils en avaient le cœur en morceaux ; ils ont pris un petit « canote », ils ont cultivé leur bout de jardin et peu à peu, ils sont parvenus à oublier leur thonier condamné à mort. Apostol, lui, il n'a pas pu !... C'est peut-être parce qu'il n'est pas marié, qu'il n'a personne à la maison, mais son *Roi Gradlon* est demeuré au cœur de sa vie.

– Je le sais bien !

– Alors, de le voir comme ça, prisonnier dans un « fin fond » d'eau vaseuse, inutile, inerte, ça lui a remué les sangs, à Apostol, je le sais, il me l'a dit !... Il avait même envisagé de le conduire au large et de le saborder, mais il n'a pas pu. Pourtant, peut-être que ça aurait mieux valu parce que comme ça, il ne l'aurait pas eu tous les jours devant les yeux, comme un grand albatros en cage !

– Alors, tu crois qu'il accepterait le projet des garçons ?

Adolphe Corfmat leva les yeux au ciel.

– Ça, petit ! C'est une autre affaire ! Peut-être que oui, peut-être que non ! C'est un cabochard, Apostol ! Si vous le prenez « vent debout », ce sera fini. Il aura dit non et on pourrait lui arracher les ongles, s'il a dit non, c'est non !

– Mais pourquoi refuserait-il ?

– Va-t'en savoir ! Dans la tête de vieux crabes comme nous, les choses ne sont pas toutes simples. Peut-être qu'il pense que ce qui est fini est fini, peut-être qu'il ne voudra pas transformer en bateau de jeunesse, une barcasse où tant de pauvres chrétiens ont souqué [1] dur pour

1. Souquer : en terme de marine ramer et par extension accomplir un effort violent.

133

ne pas ramener grand-chose à la maison, où d'autres sont morts.

– C'est ce que tu penses, Adolphe ?

– Moi ? Dame non ! Même que je serais le premier à remettre mon sac à bord, si Apostol décidait de réarmer. Tu te rends compte, mousse, pouvoir « le » revoir sous voiles ? Non, tu ne peux pas savoir !

Il joint ses grosses mains couturées de cicatrices anciennes et garde un silence que Simon n'ose interrompre.

– Et puis, dit-il doucement, et puis naviguer avec des jeunes, ce serait bien ! On pourrait leur apprendre ce qu'on sait, et Dieu sait si on en sait des choses ! Pas de celles qu'on trouve dans les livres, non ! Mais celles qu'on apprend avec ses mains, avec ses tripes, en halant sur une drisse, en luttant avec une voile, en se battant avec la mer. Oui, il y en a des secrets qui se perdent !

Il roule une cigarette avec une adresse stupéfiante, malgré ses gros doigts déformés.

– Ce serait bien ! dit-il. Seulement, ce n'est pas moi le patron, mais une vieille tête de mule qui s'appelle Alexandre Ezano.

– Tu ne veux pas lui en parler ?

Il hausse les épaules.

– Tu sais, moi à bord, j'étais le matelot, et quand Apostol décidait quelque chose, j'obéissais. Il faut que ce soit toi qui lui en parles, mousse !

– Moi ? Mais pourquoi moi ? murmure Simon. Je ne suis qu'un petit Parisien en vacances. Je vais bientôt m'en aller. Pourquoi veux-tu qu'il m'écoute ?

Adolphe Corfmat sourit. Sa bouche est édentée, mais il y a cependant beaucoup de tendresse dans ce sourire-là.

– Petit Castor, dit-il. Tu n'as donc pas compris qu'Apostol t'aime ! Oh, il ne te le dira jamais comme ça. Il ne m'en a même pas parlé. Mais je sais. Sans que tu n'aies rien fait pour ça, tu es devenu un peu le garçon qu'il n'a pas eu, et surtout le petit-fils qu'il devrait avoir maintenant. C'est un bon cœur, Alexandre, même s'il n'aime pas le montrer. Alors, il s'est attaché à toi, aussi vrai que je te le dis. Et s'il est de mauvaise humeur actuellement, c'est à cause de son thonier, bien sûr, mais c'est peut-être surtout parce qu'il sait que tu vas t'en aller bientôt et qu'il va se retrouver seul avec ses vieux fantômes.

Simon baisse la tête.

– S'il y a une chance pour qu'Apostol accepte votre projet, dit encore le vieux matelot, ce sera pour avoir, grâce à lui, l'espoir de te voir revenir à Saint-Cado l'année prochaine. Alors, il pourra t'attendre, et cela lui donnera le courage de vivre. Tu comprends ?

135

– Oui ! dit Simon.

– Rentre là-bas, et dès que tu pourras, parle-lui. Moi, j'essaierai de prier sainte Anne pour qu'il dise oui !

– Dès demain, dit Simon. Oui, dès demain ; je lui demanderai de m'emmener une fois encore sur le thonier et c'est à bord que je lui parlerai.

Quand Simon arrive à Saint-Cado (pour aller voir Adolphe Corfmat, il a pris son vélo et il est passé par le pont Lorhois), il trouve Tonton Apostol installé à l'ombre de son figuier et plongé dans un livre. Apostol a le goût de la lecture, même s'il ne possède que trois ou quatre ouvrages dépareillés chez lui. Mais il s'empare de tout ce qui passe à portée de sa main. Il a lu par exemple, et avec intérêt, les livres de classe que Simon a apportés : histoire, géographie, livre de français.

– B'soir, Tonton.

Il relève la tête ; pour lire, il a mis des lunettes car, s'il voit merveilleusement de loin, il est gêné pour lire de près. Il a de drôles de lunettes, petites et rondes, cerclées d'acier, qui soulignent encore le bleu de son regard.

– Bonsoir, petit.

Tonton ne demande jamais à Simon ce qu'il a fait, ni où il est allé, ce qui arrange bien le garçon qui préfère ne pas avoir à lui parler de sa visite à Adolphe. Pas encore !

– Qu'est-ce que tu lis, Tonton ?

– Un livre sur Cadoudal, que le docteur Laurent m'a prêté. Tu sais, le grand Georges, c'est un peu notre gloire locale. Il avait sa cachette favorite dans l'île du Bonheur, tout au fond de la rivière. Sa tête était mise à prix par les soldats bleus, mais dame ! Personne ne l'a jamais dénoncé. C'était un fameux lapin, Cadoudal.

Simon le laisse profiter des derniers rayons du soleil qui baisse de plus en plus vite, maintenant que septembre est commencé. Il va traîner dans les rues de Saint-Cado à la recherche de Mélie Nivanic, mais celle-ci est introuvable.

Après avoir joué un moment avec Ménélik, un superbe bâtard moitié épagneul, moitié berger allemand, qui n'appartient à personne mais qui est partout chez lui dans l'île, Simon retourne à la maison. Tonton est rentré, il a allumé la lampe et ranimé le feu : une bonne odeur de soupe aux choux règne dans la cuisine.

– Assieds-toi !

Ils mangent un instant en silence, puis Simon prend son élan :

– Tonton...

– Oui ?

– C'est dans cinq jours que je m'en vais !

– Je le sais bien, garçon !

– Ça me fait de la peine de te quitter, tu sais !

Le vieux se sert un verre de cidre, en boit une gorgée avant de répondre.

– Je ne peux pas dire que ça me fasse plaisir non plus ! Je te garderais bien, mon mousse. Mais dame ! Tu as ton papa, ta maman, ta sœur, ta maison, ta vie quoi ! Elle est là-bas, pas ici !... Si tu restais à Saint-Cado, tu aurais très vite le cafard en pensant à eux. C'est normal !

– Bien sûr, Tonton. Mais je t'écrirai, ça c'est promis. Je te raconterai ce que je fais à Paris. Toi, tu me parleras de toi, et de tous ceux d'ici : des Nivanic, du *Fal Ben*, d'Adolphe.

– Je n'ai pas la main très agile mais je le ferai, mon gars.

– Et puis, dit Simon, si tu veux bien de moi l'année prochaine, j'aimerais bien revenir ici.

– Tu auras toujours ta place dans ma maison et sur mon bateau, Simon. Seulement, un an, c'est beaucoup pour une vieille carcasse comme la mienne, alors ne faisons pas trop de projets.

– Tonton ?

– Oui ?

– Je voudrais aller avec toi à bord du *Roi Gradlon*, demain matin. Pour lui dire au revoir, à lui aussi.

– Tu n'es pas encore parti, Simon...

– Non, mais tout de même. J'aimerais bien que tu m'emmènes, demain matin.

Quelque chose d'inhabituel a dû passer dans

la voix du garçon, car Apostol le fixe longtemps de son regard clair.

– C'est entendu, petit, dit-il enfin. Demain tu viendras avec moi, sur mon thonier.

« KENAVO, ROI GRADLON »

Voilà ! Le *Fal Ben* pénètre dans l'anse secrète où se cache *Le Roi Gradlon*. Autour d'eux, c'est la lumière de septembre, plus douce, plus subtile que celle trop crue de l'été et qui convient mieux à la douceur des lignes du paysage. Un héron, qui pêchait sur la berge, s'envole lourdement et disparaît.

– Accoste, mousse !

Ils grimpent à bord, l'enfant d'abord, le vieux ensuite.

– Voilà ! dit Apostol. Nous y sommes !

Il caresse doucement le bois de la lisse polie par les milliers de thons qui s'y sont frottés jadis, lorsqu'on les basculait à bord.

– « Ils » auront beau dire, murmure Alexandre Ezano, c'est tout de même beau un thonier à voiles : un dundee, encore appelé cotre à tapecul. Vingt-deux mètres de long, trente-six tonneaux. Un bel outil quoi, affûté par des générations et des générations de marins. Et puis, crac ! Quelqu'un invente le moteur, et c'est fini. Ce n'est plus rentable

141

qu'ils disent... Comme si toute chose ici-bas ne se mesurait qu'à l'argent qu'elle rapporte.

– Tonton, murmure Simon, j'aurais tellement aimé le voir sous voiles.

Le visage du vieux se rembrunit.

– Oui, dit-il, ça c'était quelque chose ! Les thoniers, Simon, c'étaient comme des pétrels ou comme des malamoks, ça faisait corps avec la mer.

Simon avait tenté de mettre au point toute une série de questions, afin d'aborder le problème capital avec un maximum de chances. Mais, au pied du mur, il ne se rappelle plus ce qu'il avait décidé de dire. Il sait seulement que s'il ne parle pas maintenant, tout de suite, ce sera fini : jamais plus il n'osera. Alors tant pis, il fonce tête baissée.

– Tonton, dit-il, il faut que je te dise quelque chose !

– Je t'écoute, petit !

– C'est Dominique qui... Je veux dire qu'Adolphe m'a dit que... Non, c'est moi qui pense que...

– Ta ligne est tout emmêlée, mousse, dit Apostol. Tâche de la débrouiller un peu, sans cela je n'y comprendrai jamais rien.

Simon reprend donc et voici que, ô miracle, les mots s'organisent, prennent place. Il dit tout à Apostol : le rêve qu'ils ont fait de voir *Le Roi Gradlon* reprendre la vie, la crainte qu'ils ont tous qu'il refuse, l'adhésion enthousiaste d'Adolphe Corfmat, tout prêt à remettre son sac à bord, l'espérance des jeunes qui, là-bas à Paris, s'imaginent découvrant la mer du mât du thonier... Apostol écoute, sans mot dire, le visage clos, impénétrable.

– Tonton, reprend Simon, tu m'appelles ton mousse. J'aime bien que tu me donnes ce nom ; mais je n'aurai l'impression de le mériter vraiment que lorsque tu m'auras dressé sur ce bateau-là. Si tu dis « oui », Tonton, oh si seulement tu dis oui, tu verras : Éric, Dominique, leurs amis, Mélie, d'autres jeunes de Saint-Cado et d'Étel, Adolphe, tous, nous referons un équipage... Pas comme ceux que tu as connus bien sûr ; nous aurons pour la plupart tout à apprendre. Mais tu le sais bien, Tonton, tu pourras compter sur nous.

Une petite sterne, rapide comme une hirondelle, est venue se poser sur la pomme du mât, tout là-haut, juste au-dessus d'eux. Elle penche la tête comme si elle écoutait ce que dit Simon, comme si elle aussi l'approuvait.

– J'ai fini, dit Simon, qui n'avait jamais parlé aussi longuement de sa vie. Maintenant, c'est à toi de te décider.

Comme toujours lorsqu'il est ému ou qu'il a quelque chose d'important à dire, Alexandre Ezano prend le temps de bourrer sa pipe, de

l'allumer posément, de tirer deux ou trois bouf-
fées du vieux fourneau noirci.

– Quelqu'un m'aurait parlé comme tu viens
de le faire il y a seulement deux mois, dit-il, je
l'aurais envoyé « baller ». Dame oui ! Je lui
aurais dit : « Ce qui est mort est mort, et mon
bateau est mort le jour où on a déchargé la dernière caisse de bonites [1] avant de le conduire
ici, à son cimetière ». C'est ce que je pensais,
mon petit mousse. Ça ne me mettait pas le
cœur en joie, bien sûr, mais enfin, ça me semblait évident.

– Et... Et maintenant, Tonton !

– Je ne sais plus très bien. Vois-tu, il y a
d'abord eu Éric et Dominique : j'ai vu ces deux
garçons de la ville consacrer tout leur temps à
leur bateau, je les ai vus « crocher dedans »
comme des hommes ; j'ai bien été obligé de me
dire que la race des gens de mer n'était peut-
être pas tout à fait éteinte. Et puis surtout,
Simon, il y a eu toi : quand ma nièce Yvonne Le
Tallec, ta voisine de Paris, m'a écrit pour me
demander de te prendre, j'ai un peu hésité.
Dame, j'ai mes habitudes, tu le sais bien. J'ap-
préhendais de voir arriver un gamin, gentil
peut-être, mais incapable de s'adapter à ma vie.
Toi, tu t'y es bien mis, Simon. Alors que

1. Bonite : espèce de thon.

veux-tu, mon petit frère, je me suis attaché à toi, ça c'est sûr !

Simon ne trouve pas les mots qu'il a envie de dire. Alors, il se contente de serrer la main d'Apostol, très fort.

– Tu viens me demander de réarmer *Le Roi Gradlon*, petit. Et tu vois, je vais dire « oui ». Pour moi d'abord, parce que de voir passer à nouveau mon thonier dans la passe d'Étel, ça me fera un rude plaisir. Pour toi, mousse, pour que tu reviennes et que je t'apprenne à naviguer. Pour les autres, pour ces jeunes qui imaginent mon bateau, qui en rêvent.

– Tu dis « oui », tonton ?

– Ça me fait un drôle d'effet !

– Ce que je suis content !

– Nous allons avoir un rude travail, dit le vieux. Un thonier qui n'a pas navigué depuis dix ans, ça ne se réarme pas comme une plate, même si je l'ai entretenu de mon mieux. Mais, il y a encore ici des frères de la côte qui ne me refuseront pas un coup de main, à commencer par mon vieux camarade Adolphe, si ses douleurs le laissent tranquille.

– Dominique et Éric m'ont dit qu'ils viendront t'aider le plus souvent possible. Ils emmèneront leurs copains. A la Toussaint, à Noël, à Pâques !

– Nous ne serons jamais trop nombreux.

– Et puis, dit Simon, l'année prochaine, aux

grandes vacances, peut-être que nous pourrons enfin appareiller ?

– Peut-être ? s'exclame Apostol, en redressant le buste. C'est sûr et certain, oui !...

Et il défie son thonier du regard. La sterne quitte soudain la pomme du mât et pique droit sur un banc de mulets argentés.

– Tonton Apostol, rentrons si tu veux. J'ai hâte que nous leur disions la bonne nouvelle. Ils attendent, tu sais !

– Je m'en doute ! bougonne le vieux.

Mais son visage sourit.

Bientôt le *Fal Ben* gagne l'étroit chenal qui permet d'accéder à l'anse où se cache le thonier. Simon regarde vers l'arrière : *Le Roi Gradlon* est là, paisible, doucement éclairé par le soleil de septembre.

« Bientôt, se dit le garçon, bientôt tu vas te remettre à vivre. Tes poulies grinceront, tes voiles claqueront au vent, ta coque gémira sous la poussée des vagues. Bientôt, oui, très bientôt. Alors au revoir, kenavo, *Roi Gradlon !* »

L'AUTEUR

YVON MAUFFRET, est né en 1927 à Lorient (Morbihan), d'une famille où l'on est marin de père en fils.

Après des études secondaires, pour ne pas faillir à la tradition, il s'embarque sur un liberty-ship en qualité – déjà – d'écrivain. « L'écrivain », dans la marine marchande, est en quelque sorte le secrétaire de bord.

Pendant plusieurs années il navigue donc, ce qui lui permet de découvrir des horizons nouveaux et des pays neufs (U.S.A., Brésil, Argentine, Afrique, Madagascar, etc...).

Il est marié, a deux enfants.

Venu ensuite s'installer à Paris, il s'est essayé à différents métiers avant de se lancer dans le roman pour enfants.

Il est maintenant écrivain, scénariste pour jeunes, journaliste.

Il vit en Bretagne.

L'ILLUSTRATEUR

Bruno PILORGET est né en 1957 à Vannes, en Bretagne.

Après deux années passées à l'école des Beaux Arts de Lorient, il se consacre à l'illustration de livres de jeunesse.

Parmi la quarantaine de titres qu'il a illustré figurent Homère, Orwell, London, Stevenson, Poe, Mérimée, Sautereau, Noguès, Thiès chez divers éditeurs.

Il travaille avec plumes et encre de chine, pinceaux et encre de couleurs toujours sur fond de musique.

Il vit à Paris avec sa compagne, illustratrice également, et leur petit garçon.

Pour en savoir davantage, pourquoi ne pas visiter le musée de la pêche, à Concarneau.

LA PÊCHE AU THON

Le thonier de Tonton Apostol est un cotre c'est-à-dire un voilier à un mât principal, portant deux voiles à l'avant, le foc et la trinquette. Il possède en outre un tape-cul, petite voile portée à l'arrière du bateau pour éviter qu'il ne tape sur l'eau et pour le stabiliser quand la mer est agitée.

Autrefois, on pêchait le thon à l'aide de lignes accrochées à deux mâts horizontaux appelés tangons. Chaque ligne (une quinzaine) porte un nom particulier : grand plomb, petit plomb, bonne femme, trou-de-cul, bonhomme, etc. C'est la pêche à la traîne. Aussitôt hissé à bord, le thon était assommé.

Les thoniers modernes sont d'imposants bateaux, de 30 à 50 mètres de long, capables de ramener à bord 150 tonnes de poisson d'un seul coup de filet. Ils pratiquent surtout la pêche à la senne tournante. Les bancs de poissons sont repérés par hélicoptères. Un canot déploie la senne, (filet qui peut atteindre 700 mètres de long et 100 à 120 mètres de chute) en formant autour du banc un cercle complet par rapport au thonier. Puis le filet est hissé à bord et les thons aussitôt placés dans la cale frigorifique.

La pêche à l'appât vivant se pratique au large de l'Afrique. Les lignes sont appâtées avec des sardines vivantes.

LE THON

Le thon est un poisson téléostéen appartenant à l'ordre des Perciformes et à la famille des Scombridés.

C'est un poisson au corps puissant, qui mesure de 2 m à 2,50 m. Certains peuvent atteindre 4,50 m et peser 600 kg. Ses mâchoires, qui sont pourvues de petites dents coniques tandis que d'autres dents, très fines, garnissent le palais, en font un prédateur redoutable. Il peut nager à la vitesse de 70 km/h. Il abonde dans l'Océan Atlantique, entre les Açores et la Scandinavie, en Méditerranée et en Mer Noire. C'est un poisson migrateur qui parcourt chaque année de longues distances.

Des espèces voisines du thon, mais plus petites, sont également appréciées pour leur chair, un peu moins fine cependant : le germon ou thon blanc que les pêcheurs bretons viennent chercher dans le golfe de Gascogne, la thonine et la bonite que l'on trouve en Méditerranée.

L'ÉCHELLE DE BEAUFORT

CHIFFRE BEAUFORT	VITESSE EN KM/H	ASPECT DE LA MER	EFFETS OBSERVÉS
0	0-2	calme, lisse	la fumée s'élève verticalement
1	2-5	à peine ridée	très légère brise - fumée à peine déviée
2	6-11	vaguelettes courtes, non déferlantes	légère brise qu'on perçoit sur la figure
3	12-19	petites vagues déferlantes	petite brise qui agite les feuilles
4	20-28	moutons sur la mer	jolie brise qui soulève poussière et papiers
5	29-38	vagues modérées en mer. Crêtes d'écume sur les lacs intérieurs	bonne brise
6	39-49	embruns	vent frais qui agite les branches des arbres
7	50-61	grosse mer. Lames déferlantes	grand frais : le vent gêne la marche du piéton
8	62-74	tourbillons d'écume, lames allongées	coups de vent qui peuvent briser les petites branches
9	75-88	la mer gronde	forts coups de vent qui arrachent cheminées et ardoises
10	89-102	mer démontée et blanche	graves dégâts. C'est la tempête
11	103-117	mer couverte d'écumes. Très hautes vagues	ravages étendus. Violente tempête
12	117 et plus	vagues immenses	ouragan catastrophique

LES HUMEURS DE LA MER

La mer étonne par son mouvement perpétuel car avant même de savoir si elle « monte » ou si elle « descend », on voit qu'elle bouge et un langage coloré décrit ses mouvements.

C'est le *calme plat* quand ne souffle aucun vent et que la surface reste plane, une *mer d'huile* quand, lisse comme un miroir, elle n'est troublée par aucune ride. Quand le vent se lève, des rides apparaissent qui vont se changer en *vagues* si le vent persiste et *fraîchit*. Un peu plus de force, et la crête des vagues, poussée plus vite que la base freinée par la masse inférieure, se renverse, blanchie par l'écume de milliers de bulles d'air qu'elle emprisonne : les vagues roulent sur elles-mêmes, elles *déferlent*. La mer semble alors couverte de blancs moutons, *elle moutonne*.

Si c'est le début d'un coup de vent, on dira qu'il va y avoir de la mer. C'est de la mer agitée, de la grosse mer que l'on parle. Le mouvement des vagues est alors puissant, impressionnant. Elles roulent vers la plage, s'y écrasent en déferlant. Si elles rencontrent la résistance d'un rivage escarpé, d'une jetée, elles s'y brisent avec fracas, et leur retour violent sur elles-mêmes, le *resssac*, ajoute son grondement au vacarme général. Si les vagues les plus fortes bondissent sur la jetée, il vaut mieux ne pas être à proximité. Mais, même éloigné, on en reçoit les *embruns*, fines gouttelettes de vagues pulvérisées qu'emporte le vent.

La tempête ne dure pas longtemps en général. Le vent tombe. Au déchaînement des vagues, succède la *houle*, longue et lourde ondulation de l'eau : la mer se gonfle et s'abaisse, comme reprenant son souffle après sa colère. Peu à peu le calme revient mais attention, même par temps calme, il arrive parfois qu'une vague beaucoup plus forte, dite *lame de fond*, envahisse subitement une partie de la plage ou balaie les rochers. Elle est provoquée par un phénomène sous-marin ou succède à un important coup de vent. Puissante et inattendue, elle est toujours dangereuse.

L'action du vent sur la mer est si continue que les marins ont essayé de caractériser et de cataloguer ses différentes forces. Depuis le calme plat, noté 0, jusqu'à l'ouragan, noté 12, on passe par des étapes aux noms pittoresques comme les zéphyrs, les grains, la petite brise...

Le tableau de ces forces s'appelle l'échelle de Beaufort.

OCEANO NOX

Oh ! combien de marins, combien de capitaines
Qui sont partis joyeux pour des courses lointaines,
Dans ce morne horizon se sont évanouis !
Combien ont disparu, dure et triste fortune !
Dans une mer sans fond, par une nuit sans lune,
Sous l'aveugle océan à jamais enfouis !

Combien de patrons morts avec leurs équipages !
L'ouragan de leur vie a pris toutes les pages,
Et d'un souffle il a tout dispersé sur les flots !
Nul ne saura leur fin dans l'abîme plongée.
Chaque vague en passant d'un butin s'est chargée ;
L'une a saisi l'esquif, l'autre les matelots !

Nul ne sait votre sort, pauvres têtes perdues !
Vous roulez à travers les sombres étendues,
Heurtant de vos fronts morts des écueils inconnus.
Oh ! que de vieux parents, qui n'avaient plus qu'un
[rêve,
Sont morts en attendant tous les jours sur la grève
Ceux qui ne sont pas revenus !

On s'entretient de vous parfois dans les veillées.
Maint joyeux cercle, assis sur des ancres rouillées,
Mêle encor quelque temps vos noms d'ombre
[couverts
Aux rires, aux refrains, aux récits d'aventures,
Aux baisers qu'on dérobe à vos belles futures,
Tandis que vous dormez dans les goémons verts !

VICTOR HUGO

COLLECTION Cascade

7 - 8

9 - 10